Vorwort

Die Geschichte vom androgenen
Erwachsenwerden!
Bei der Herstellung dieses Buches sind
keine Menschen oder Tiere zu Schaden
gekommen. Ähnlichkeiten mit lebenden
Personen sind zufällig und unerwünscht.

Herstellung und Verlag:
BoD - Books on Demand, Norderstedt
ISBN 978-3-7386-1878-5

Was muss man oft von bösen Buben hören oder lesen, wie von diesen, welche Adam und Anton hießen (frei nach Wilhelm Busch).

Ich war schon immer der Meinung, dass die Sexualität die Triebfeder des Lebens ist. Geschlechtsspezifisch beziehen wir Männer uns immer nur auf das "Eine", mit dem einen prägenden Gedanken, der sich durch unser Leben zieht. Dies ist evolutionär verankert und dadurch beginnt unser Sex unabhängig vom Alter. Beginnen wir da, wo meine Erinnerung beginnt, im Kindergarten. In einer ländlichen Gegend wie der meinen, zumindest damals, war die Kinderbetreuung ausschließlich Sache der Frauen, der Tanten. Somit eindeutig nicht geschlechtsneutral, aber was gab es schöneres, als am Busen der Tante, sich für die ein oder andere Blessur trösten zu lassen. Was uns aber vielmehr beschäftigte war das weibliche Geschlecht. Genau genommen die Mädchen unserer Gruppe. Klar es waren Mädchen, aber was, und vor allem wie war denn der Unterschied? Im Alter von

4 Jahren war geschlechtliche Neugier nichts verwerfliches, wohl natürlich würde ich sagen, zumindest in meiner Zeit, als Kind der sechziger Jahre. Unser Kindergarten hatte einen Außenbereich, so war der Aufenthalt im Freien, im Haus eigenen Garten, im Sommer, ein fast tägliches Ereignis, welchen Mann unbedingt zum spielen nutzte. Um keine Zeit mit der Toilette, oder anderen unnötigen Krimskrams wie Schuhe aus und an usw. zu vertrödeln, wurde die Grünanlage missbraucht, auf gut Deutsch in die Sträucher gepinkelt. Somit waren die Karten verteilt und der entscheidende, von Gott gegebene Vorteil, lag klar auf Seiten der Buben. Der Umstand das Mädchen mit der Strumpfhosen unter den Knien, nicht nur unbeweglich, sonder auch ausgeliefert sind, machten wir uns zu Nutze.
In den Sträuchern warteten wir nach der Jause auf das unweigerliche Verlangen der Natur, und da kamen sie. Zwei, weil Frauen nie allein in den Busch gehen, in der Haltung der Skispringer, wir auf den Boden liegend, der Erkenntnisse nahe. Halleluja, da sah ich es zum ersten Mal, das rosa Fleisch der Möse. Neugier,

Verwunderung und doch eigenartig, nicht einzuordnen, noch nicht.

Abgesehen davon das wir nicht an uns halten konnten, und um die Sache genau zu betrachten, mussten wir raus aus der Deckung, um mit starren Blick des Forschers das erste mal dass Ding zu betrachten das uns Zeit des Lebens nicht mehr los lassen sollte.

Adam mein Zwillingsbruder, immer schon der Wissenschaft verfallen, kam auf die geniale Idee, dieses unbekannte, auch von innen zu untersuchen. Dank seiner damals schon verbalen Überlegenheit, waren auch die Mädchen alsbald zur Mitarbeit bereit. So begannen wir kleine, von Sträuchern abgebrochene Stäbchen und Kieselsteine, in das Geschlechtsteil der Probanden einzuführen. Akribisch genau betrachteten wir Aktion und Reaktion. So kam es, wie es kommen musste. Nach dem Apfel vom Baum der Erkenntnis, folgte Gottes Strafe. Nachdem die Tanten von dem Vorfall Kenntnis hatten wurden unsere Eltern zu einem Gespräch vorgeladen.

Natürlich wurden damals keine Psychologen, Sexualtherapeuten,

Rechtsanwälte und dergleichen in den Prozess der Bestrafung mit einbezogen, sondern es war einzig allein die Sache der Eltern. Nach einem gewaltigen Anschiss und einer Backpfeife war die Sache erledigt. Leider waren auch die Strafen in den 60iger nicht nur in verbalen Aktionen abgetan.

Aber wir waren Helden.

Sich mit dem Geschlechtstrieb auseinander zu setzen, bedeute erst mal, dass man sich mit dem Geschlechtsteil auseinander setzen muss.

Was kann das Ding eigentlich?

Am Morgen war "er" immer steif, aber nicht unbedingt angenehm, speziell dann nicht wenn Mann ihn in den Nachttopf biegen muss.

Der Topf, war ein Mitbringsel von unserem ersten Haus, das weder Badezimmer noch Toilette besaß. Praktischerweise wurde in den Nachttopf uriniert und dieser am nächsten Morgen im Plumpsklo entleert. Zum Baden hingegen gingen wir damals jeden Samstag zu unserem Großvater, der eine Wanne mit Kupfer Boiler sein eigen nannte. Wir badeten alle im selben Wasser, zuerst Vater dann Mutter,

Bruder und Schwester, zuletzt Adam und ich. An der Wasseroberfläche konnte jeder die Prozedur zweifelsohne erkennen. Es war ein Tümpel von Bakterien, genitalen Talg, Hautzellen, Fäkalkeime und vieles mehr, die wir mit Kernseife abwuschen.

Krankheiten waren uns unbekannt.

Der Nachttopf wurde auch Kachel genannt, wieso weiß ich bis heute nicht, möglicherweise weil der Topf aus Porzellan bestand. Es war Schwerarbeit beim Wasserlassen, weil der gut durchblutete Schwellkörper nach unten gedrückt, die Harnröhre dermaßen abklemmte, das nur der Überdruck in der Leitung schließlich die Erleichterung brachte.

Aber es brachte Erkenntnis. Am Pimmel herumgespielt bedeutet in erster Linie Reaktion, und ein angenehmes warmes Gefühl in der Bauchgegend.

Das muss doch was bedeuten? Also nicht wie ab zum Sandkasten und mit den Kumpels darüber quatschen. Damals wurde nach der Kinderbetreuung bzw. nach der Schule noch mit Freunden gespielt. Und die waren auch da!

Und da mein Zwilling und unsere Freunde dieselben Erfahrungen mitbrachten, beschlossen wir weiter zu experimentieren.

Zum Spielen am Sandhaufen waren immer Utensilien von Nöten, dazu gehörte auch die Wasserflasche um den Sand in Beton zu verwandeln.

Und was man alles in eine Flasche bringt ist manchmal verwunderlich, sogar ein Penis passt rein.

Und so konnten Adam, Karl, Gerald und ich zum Wasser in der Flasche, alle unsere Genitalien einzeln reinstecken. Ein Riesen Spaß, irgendwie auch geheimnisvoll und was wir damals nicht wussten auch ein wenig geil. Die Flasche vor und zurück bewegt war aufregend, und drei Zipfel als Zuschauer.

Weiterhin hatte das Entblößen, einen Ritualen Charakter, und erzeugte die Stimmung des geheimnisvollen, fast übernatürlichen. Unwillkürlich war einem bewusst, dass man etwas Verbotenes tat. Aber wie und was, und vor allem warum, war niemand klar. Deshalb versteckten wir uns hinter dem Bretterlager. Als Söhne eines selbständigen Tischlermeisters war das

Areal ziemlich groß in dem wir uns
bewegen konnten. Neben der Tischlerei
bestand dass Gebiet noch aus der oberen
Werkstatt, dem Magazin, dem
Bretterlager, dem Bauernhaus und
unserem alten Haus. Letzteres sollte
noch eine wichtige Rolle in unserem
Leben spielen. Unser neues Elternhaus
stand an der Straße und bestand aus dem
Möbelgeschäft im Erdgeschoss und der
Wohnung im ersten Stock, von dessen
Balkon aus, unser Vater, das Treiben
seiner Söhne beobachtete.
Nach der gründlichen Abreibung die er
uns verpasste, wussten wir noch immer
nicht was wir verbotenes taten, aber es
war eine unangenehme Erfahrung.
So wurde uns schon im Kindesalter
beigebracht dass Sex bzw. genitale
Erfahrung zu sammeln, gesellschaftlich
Inakzeptabel war.
Da wir, der oralen und analen Phase
entwachsen, im tun und drang Prozess
der Entwicklung waren, verlegten wir
unser tun in die Unterwelt, in unser
Zimmer!
So war es natürlich ein besonderer
Vorteil sich ein Zimmer mit dem
Zwillingsbruder zu teilen. Auch hier war

plötzlich der kleine Zumpf, Thema und was wohl alles schöne damit angestellt werden konnte.

Masturbation im Vorstadium, einfach mal so steif gemacht, und damit angeben.

In der kindlichen Naivität war auch das gegenseitige anfassen des Schniedels völlig normal, was der Psychologe heute als gleichgeschlechtliche Erfahrung beschreiben würde.

Nun ist das alles sehr schön, und gut, aber irgendwie fehlte was. Etwas auf das wir warteten, das Ziel von dem wir nichts wussten, aber es war klar, da kommt noch was. Wie eine Metapher, wie eine genbedingte Erfahrung, es war unabdingbar, und er kam in großen Schritten, der erste Orgasmus!

Beethoven war klar dass er sein Werk vollenden wollte, und der damit verbundene geistige und körperliche Höhepunkt war das Ziel. Aber der Tod hatte keine Wartezeit. Bei uns war es dasselbe, nur war der "kleine Tod" die Vollendung unseres nicht wissenden Höhepunktes.

Die Geschichte kam ganz anders wie erwartet.

Ich glaube sowieso nicht, dass der erste Orgasmus, so wie in der Bravo dargestellt, plötzlich in der Nacht, völlig überraschend, als nasse Unannehmlichkeit auftritt. Nein, bewusst und gewollt provoziert! So war er, aber doch unerwartet, im Hallenbad meiner Heimatgemeinde. Vielleicht sollte ich der Geschichte voraus schicken, dass wir damals noch körperlich gar nicht in der Lage für einen Samenerguss waren. Unsere Badeanstalt besaß neben dem Freibad auch ein Hallenbad. In der Mitte des Beckens befand sich eine Ausbuchtung, fast wie ein großer Erker, in diesem Unterwasserdüsen zum Zweck der Massage angebracht waren. Links und rechts der Wasserdüsen waren Haltegriffe angebracht damit der Wasserdruck einen nicht davon treiben ließ. Zu unseren Glück, und damaliger Körpergröße, konnten wir die Anlage wie eine Gegenstromanlage benutzen. Der Wasserstrahl war genau in der Höhe unseres Pimmels gerichtet. Auf dem Bauch liegend, gehalten an den Griffen, konnte ich wie ein Rodeoreiter, auf dem Wasserstrahl die Stärke der Genitalmassage nach Belieben manipulieren. Dazu konnte man ungeniert die Frauen in ihren Bikinis beobachten. Es war herrlich, große und kleine Titten, in allen Variationen waren sie vorhanden. Unser Kopfkino tat das eine, und die Vorstellung steigerte sich in unendlichen Sexspielen mit älteren Frauen. Dazu kamen die Bilder aus der Umkleidekabine in deren Zwischenwände getarnte Löcher vorhanden waren. Spanner und Exhibitionisten hatten diese auf Augenhöhe der Genitalien in die Wände gebohrt, um die Frauen beim Umkleiden zu beobachten, oder im geeigneten Moment das erregte Glied hindurch zu stecken. Uns Kinder blieb das natürlich nicht verborgen, da auch wir ebenfalls den visuellen Angriff der Pädophile ausgesetzt waren, erkannten wir doch den Vorteil und zogen unseren Nutzen daraus.

Hauptsächlich beobachteten wir das behaarte Dreieck der weiblichen Scham ohne irgendwelche Details zu erkennen, aber dieses exotische und unbekannte entzündete ein furioses Feuerwerk in unseren Köpfen.

Und dann kam er, der erste Orgasmus meines Lebens. Die Wellen durchzogen meinen Körper, fast krampfartig überwältigte mich ein Wohlgefühl, und breitete sich bis zu den Zehenspitzen aus. Als ich die Augen öffnete Stand ich natürlich immer noch in der heimischen Badeanstalt.
Es war der Wahnsinn!
Diese Erfahrung musste natürlich sofort meinen Zwillingsbruder mitgeteilt werden.
Umso erstaunter war ich als mir Adam berichtete dasselbe vor kurzem schon erlebt zu haben. Auch die Phantasien waren universell und glichen sich fast aufs Haar.
Und so hatten wir viele Jahre imaginären Sex im Schwimmbad, mit unbekannten Schönen, die keinerlei Ahnung hatten dass sie im Moment als Wichsvorlage benutzt wurden. Es war die Zeit des Aufbruches, die Zeit in dem wir unseren ersten schwarz- weiß Fernseher bekamen, der Tag an dem Nil Armstrong den Mond betrat.

Ein kleiner Schritt für ihn aber doch revolutionär für die Menschheit, und für uns die Zeit der Erwartung, in der alles möglich sein konnte.
Das Leben war einfach nur schön.

Die 70iger

Da wo Captain Kirk mit seinem Raumschiff Enterprise unterwegs war um fremde Galaxien oder Welten zu entdecken, waren wir unterwegs um den eigenen Körper und das andere Geschlecht zu entdecken.

Diese begannen mit den Erfahrungen die jedes Kind im Leben macht, und welche bei jedem normal denkenden Jugendlichen, unabdingbar dieselbe unverständliche Reaktion auslösen muss.

Mein Vater, ein Patriarch, und Verfechter des Minimalismus, zelebrierte seinen Tages bzw. Wochenablauf. So hielten Papa und Mama jeden Sonntag nach dem Essen ein Mittagsschläfchen.

In meiner Naivität konnte ich mir auch nie was anderes vorstellen, bis zu jenem Sonntag wo ich eigenartige Geräusche aus dem Schlafzimmer meiner Eltern vernahm. Nun war es uns bei Strafe verboten die Mittagsruhe zu stören, und so eilte ich zu meinen Bruder um ihm die Sachlage zu berichten.

Na was glaubst du wohl was die da machen sagte Adam. Hast du dir nie die Frage gestellt was jeden Sonntagnachmittag so abgeht? Die haben Sex liebe Anton, und das nicht nur am Wochenende.

Ich war wie vor den Kopf gestoßen. Meine Eltern hatten Sex! Wie ekelhaft und abartig war dass denn? Die Kinder waren auf der Welt, um was um Himmelswillen sollte das noch gut sein? Im ersten Moment versuchte ich Bilder im Kopf zu formen, musste dann aber dem Ekel der mich überkam Platz machen, und war froh darüber. Ja aber Tatsachen ließen sich nicht nun mal nicht verleugnen und so hatte ich doch ein wenig zu tun um die Sache zu verdrängen.

Natürlich wurde das auch mit den Freunden besprochen, die Reaktionen waren unterschiedlich. Andere waren genau so überrascht, wiederum wussten einige Bescheid. Gott sei Dank war ich nicht der einzig blöde in der Clique. Wir hielten uns dann auch nicht mehr länger mit dem Thema auf sonder mit dem was uns zurzeit mächtig beschäftigte.

Wer hat den von euch schon eine Samenerguss? Also bei wem kommt denn schon was daher? Karl mein Nachbar und Freund erzählte dass bei ihm schon seit geraumer Zeit ein weißer zähflüssiger Schleim daher kommt. Auch Gerald berichtete von diesem Ergebnis beim wichsen, und Adam meinte das es ihm auch schon so ergangen war. So was blödes aber auch, nur bei mir kam noch nichts. Also gab es nur eins jeden Abend zu onanieren, in der Hoffnung endlich mit meinen Freunden und Bruder gleichzuziehen. Nur wie war die Frage? Damals war der Markt nicht so übersättigt mit der Möglichkeit, sich eine Stimulationshilfe zu besorgen, heute im Zeitalter des Internets kein Problem, aber wir hatten nur eine Chance, entweder die Fa - Duschbad-Werbesendung in welcher eine langbeinige Blondine oben ohne aus dem Meer erschien, oder den Quelle Katalog. Im Teil für Unterwäsche gab es die schönsten Models in Spitze und Straps, und als Krönung den halben Cup. Ein BH, der eben nur ein halbes Körbchen hatte um den Busen zu stützen, und damit lag die Brustwarze frei.

Es war fast wie ein Volksfest wenn der Postbote kam und wir den selbigen ergattern konnten. Nie werde ich die schönen Augenblicke und Orgasmen vergessen die mir der Katalog bescherte. Und so hatte auch ich eines Tages den krönenden Abschluss. Ich war überglücklich meinen Freunden zu berichten, fast wie eine Trophäe zu präsentieren, mein erster Samenerguss! Dieser kam eines Abends und wurde danach natürlich genauestens untersucht. Zwischen Fingern genommen, gerieben und als Fäden in die Länge gezogen, mit einer zähflüssige Konsistenz, Geruch leicht moderlich und auch selbiger im Geschmack.

Endlich am Ziel, aber kein Sieg ohne Preis. Durch diese Wochen bzw. Nächtelanges onanieren war mir am Penisschaft eine Ader geplatzt und durch die ewige Reibung war er natürlich ziemlich angeschwollen. So war der Schreck enorm als ich am Morgen zum Wasserlassen schritt und auf einen blauen, fast doppelt so dicken Zipfel blickte. Panik überkam mich, womöglich etwas gebrochen oder sonst wie, aber auf keinen Fall normal. Was tun? Der erste Instinkt war natürlich sofort meine Mutter in Kenntnis zu setzen. Aber dann würde der Rest der Familie davon erfahren. Unmöglich! Also hieß die einzige Alternative, bloß niemand davon berichten und schon gar nicht meinen Eltern. Die Schmach hätte ich nicht überlebt geschweige denn die Abreibung meines Vaters, denn eine andere Erklärung wäre von vornherein undenkbar.

Es half nichts, Abwarten und Tee trinken. Und so vergingen zwei bis drei Tage mit bangen und hoffen bis das Ding wieder in seinem normalen Zustand zurück fand.

Aufgegeben wird zum Schluss.

Der Dalton Club

Das alte Haus, welches zwischen der Tischlerei und der oberen Werkstatt Stand, wurde nur noch im Keller als Lager benutzt. Der Rest des Hauses stand leer. Der Zutritt war uns immer untersagt worden, dem Grund nach war unser Großvater nicht damit einverstanden, dass es als Kinderspielplatz diente. Großvater wohnte in einem grauen Turm der als Zubau an der oberen Werkstatt angebracht war.

Das schönste für Kinder ist das Verbot, und somit war das geheimnisvolle, die Herausforderung schlechthin. Es begann damit, dass wir uns heimlich Zutritt beschafften. Dazu benutzen wir das auf der Rückseite gelegenen Dachbodentor des Speichers. Es war damals noch so, dass viele Häuser ein eigenes Tor unter dem Giebel hatten, um Waren aller Art von außen direkt in den Dachboden einzulagern. Natürlich war das Ding in einigen Meter Höhe, von innen verriegelt, und ohne Leiter nicht zu erreichen.

Der erste Schritt war ein Kamikaze artiger Einsatz von mir, mich durch den Keller in das Haus zu schleichen, und die Verriegelung zu lösen. Praktischerweise hatte man am Dachbalken einen Flaschenzug angebracht den wir nun als als sogenannten geheimen Mechanismus für die Leiter umfunktionierten. Die Leiter lies sich im Dachboden gut verstecken, und bei Bedarf durch einen getarnten Draht, über den Flaschenzug nach außen holen. So war also die erste Hürde geschafft, und unsere Clique war nur all zu bereit den gemeinsam erdachten Plan in die Tat umzusetzen. Den Bau unsers ersten Clublokals! Da wir wie gesagt, eine Tischlerei unser eigen nannten, waren Bretter, Nägel, Schrauben und Werkzeuge aller Art nicht gerade Mangelware. Auch der Bezug dieser Utensilien war nicht besonders schwer und lies sich wegen der Menge gut geheim halten.

Der Dachboden hatte drei Räume, zwei mit Türe die man versperren konnte, und einen offenen den man früher benutze um die Wäsche zu trocknen. Einer davon hatte noch eine Besonderheit, er war in der Mitte abgetrennt mit einer Tapetentür am Ende. Das heißt es waren zwei Räume, wobei einer nicht sichtbar war, weil der Zugang durch eine versteckte Tür erfolgen musste. Hier begannen wir im Hauptraum eine Bar zu bauen, was im zarten Alter von 12 Jahren schon einigermaßen gut funktionierte. Na ja wir hatten schon Erfahrung durch das Baumhaus. Die Wände wurden mit Postern aller Art und Alu-Folie tapeziert.

Wir besaßen einen Plattenspieler, wobei der Deckel der Lautsprecher war, dieser wurde in die Bar als Musikeinheit integriert. Der Zutritt zum Dachboden verliefüber eine steile Holzstiege welche durch eine Tür gesichert war. Selbige wurde von mir mit einer Alarmklingel versehen, damit waren wir vor dem Großvater sicher.

Unsere Zeit war die der Comic, und eine davon, die Geschichten um Lucky Luke, der Mann der schneller schießt als sein Schatten. Er war immer auf der Jagd nach vier Ganoven, die Daltons!

Wir, Karl, Gerald, Adam und ich einigten uns rasch auf den Namen Dalton Club.

Somit hatten wir den ersten Jugendtreff im Dorf, und die Lebenserfahrung konnte beginnen.

Pubertierende beschäftigt nur eins, nämlich das weibliche Geschlecht bzw. der Geschlechtsverkehr. Wir wussten natürlich dass wir davon ein gutes Stück entfernt lagen, und deshalb wurde die Selbstbefriedigung bis zum Exzess zelebriert. Jeder für sich allein in einer Ecke des Clubs, dann im Kreis stehend mit Blickkontakt, bis hin zum Ziel wichsen. Hierzu war eine kreisrunde Aufstellung von Nöten, wobei in der Mitte eine Dose platziert wurde in der man hinein wichsen musste. Sieger war natürlich wer als erster kam und traf.

Eines Tages kam Karl und sagte, hey schaut mal bei mir wächst da unten etwas, und präsentierte uns ein Haar. Die erste Schambehaarung war ein großes Thema, da wurde jedes Haar genauestens betrachtet, unter die Lupe, in die Hand bzw. Finger genommen. War das Leben spannend.

Adam, wer wenn nicht er, hatte die zündende Idee zum Bau einer Sexpuppe. Wiederum besorgten wir uns von der Tischlerei große Styroporplatten welche

als Dämmaterial verwendet wurde.
Davon leimten wir zwei zusammen,
dass es eine 10cm starke Platte ergab.
Die Form einer Frau war alsbald mit der
Säge ausgeschnitten, was jetzt noch
fehlte waren die Geschlechtsteile.
Mein Vater war ein großer Rätselfreund,
und dadurch eifriger Leser der Freizeit
Revue. Die Illustrierte war eine
Mischung aus Rätsel, Klatsch und
Tratsch und allerwelt Geschichten über
Promis, und war mit Bildern von nackten
Frauen bespikt. Da Vater überhaupt
nicht an den nackten Tatsachen
interessiert war, so erklärte uns Mutter,
konnten wir aus dem Altpapier die
Zeitschriften bergen, die Brüste der
Damen ausschneiden, und auf das
Styropor kleben. Auch Stars waren
immer in Großformat abgebildet, somit
ergab es sich, dass das Gesicht unserer
Puppe jenes von Uschi Glas war. Uschi
war eine der hübschesten deutschen
Schauspielerinnen der damaligen Zeit.
Die Muschi wurde ein Loch mit
aufgemalten Haaren, so wurde der auch
heute noch legendäre Spruch geboren
"Die Uschi mit der schönsten Muschi".

Los ging's, wer darf fragte Gerald. Natürlich ich, sagte Adam und nach kurzem anwichsen wurde unter lautem Gegröle und Beifall der Anwesenden, Uschi geflickt. Von hinten sah es aus wie bei einer Kuckucksuhr die gerade zur vollen Stunde schlug, die Eichel flutsche aus und ein und schon nach kurzer Zeit kam es Adam im hohen Bogen. Scheisse schrie Gerald der eine Spermaladung auf den Haaren kleben hatte, weil er zu nah am geschehen war. Na ja kann passieren sagte ich, zumindest sparst du dir das Gel. Das Gelächter der Gruppe hatte ich noch Tage danach in Erinnerung.

Später wurde die Puppe in den zweiten Teil des Raumes, den mit der Tapetentür gebracht, welcher mit Matratzen ausgelegt war.

Damit hatten wir ein Séparée, und nach einander wurde Uschi von uns bedient. Das sprach sich natürlich herum, und alsbald hatten wir neben den Nachbarskinder auch Schulkameraden zu Besuch, die sich alle mit Uschi vergnügen wollten.

Wir, damals schon geschäftstüchtig, schenkten Cola, Fanta und Sprite zu Schleuderpreisen aus und machten dabei gar kein schlechtes Geschäft. Die Musik war das eine und ein rote Glühbirne mit spiegelnden Wänden das andere, und in kurzer Zeit war der Club zu einem dorfbegehrten Treffpunkt geworden. Jetzt begannen sich auch die Mädchen für uns zu interessieren.

Der blaue Salon.

Unser Club vergrößerte sich zusehends.
Nun kamen noch die Schulkameraden
Peter alias Pete, Jürgen und Bernhard
dazu.
Mit den neuen Kameraden kamen auch
neue Ideen und Erfahrungen.
So hatten wir einen ortsbekannten
Schwulen, einen aus dem Ex
Jugoslawien eingewanderten
Gastarbeiter. Jedermann nannte ihn nur
den Schwulen Andy.
In den Siebziger war Sexfilme, oder
Zeitschriften für uns Kinder unmöglich
zu ergattern, wir lebten in einer Zeit wo
im Kino "Eis am Stil "zu den härtesten
Pornos gehörte, welcher heute zum
Nachmittagsprogramm im Anschluss an
Wickie avancierte. Nun wusste
Jürgen zu berichten, dass Andy der erste
Mann im Dorf mit einem Videorekorder
war und eine ganze Sammlung echter
Pornos besaß. Er könnte es leicht
arrangieren bei Andy eingeladen zu
werden, sagte er, und wir könnten mit.
Doch ganz geheuer war uns die Sache
nicht, was ist wenn er sich an uns
heranmacht, oder gar handgreiflich wird

sagte Gerald. Nein, nein meinte Jürgen, erstens sind wir zu fünft, und alles Burschen in besten Alter, was soll uns schon passieren. He was soll das zu fünft fragte Bernhard. Na ja Andy wohnte in einem Wohnblock und besaß eine zwei Zimmer Wohnung, da gab es einfach nicht mehr Platz, und deshalb wollte Andy nie mehr wie fünf Leute bei sich haben, erklärte er. Jeder hatte Muffen sausen aber dabei sein wollten alle, so mussten wir losen. Pete und Bernhard traf das Schicksal und somit war die Sache abgemacht und wir konnten es nicht erwarten das erste Mal, feuchte Muschis und Orgasmen zu sehen. Für uns war damals alles echt, wir verschwendeten keine Gedanken an Schauspiel, wir dachten nur an Sex. Am Samstagnachmittag war es so weit. Wir verabredeten uns vor dem Haus und Jürgen gab den Anführer bis hin zur Wohnung. Er klopfte, die Tür ging auf und ein kleiner schmächtiger Mann, ende Vierzig, mit zurückgekämmten schwarzen Haaren öffnete. Herein kommen, sagte er im gebrochenen Dialekt und führte uns ins Wohnzimmer. Dort stand eine Couch mit Sesslonge, ein einzelner Sessel, in der Mitte ein haselnussbrauner Tisch mit weißer Zierdecke, und einer Box Papiertaschentücher. An der Wand war ein großer blank polierter Wohnzimmerschrank aus Nussbaumholz, in dessen Mitte der Fernseher thronte, ihm zur Rechten der damals erste Beta-Videorekorder. Wir setzten uns hin, Andy betätigte den Rekorder, an dessen Oberseite wurde ein Schubfach ausgefahren in dem er eine Kassette einlegte die gut und gerne 5cm dick war, wieder zugedrückt auf Play, und nach einem mechanischen Rattern erschienen die ersten Bilder. Mir war es ungefähr so, wie damals bei der Mondlandung. Ein Erlebnis des Staunen, des Begreifens, und doch wunderschön.

Es wurde geleckt, geblasen und in alle Löcher gevögelt, ein Wahnsinn, da gab es noch viel mehr als wir uns je vorstellen konnten.

Bei der Erektion gibt es je nach Geilheit, zwei härte Stufen. Erste Stufe hart und gut, zweite Stufe, knüppelhart wie Beton, unbiegsam fast vor dem zerreißen.

Hier ist der Penis voll gepumpt mit Blut, härter und größer im Umfang als normal. Was sich da im Kopf abspielt ist nur der reine harte Sex, ausgerichtet auf dem Orgasmus.

So war es auch, uns drohte fast die Hose zu platzen. Jürgen war der erste der seinen Schwanz raus holte, und fast wie ein Startzeichen ging es los. Plötzlich war es allen völlig egal, keine Scham, nur ein wenig Unbehagen aber der Geilheit Triumph. Wir saßen mit geöffneten Hosen da und wichsten was das Zeug hielt. Aus dem Augenwinkel sah ich Andy, der auf der Sesslonge saß und uns mit entzückten Augen beobachtete. Soll i dir helfen sagte er, und fing an, Gerald der bereitwillig nickte, einen abzuwichsen.

Geschickt fingerte er ein Papiertaschentuch vom Tisch und bedeckte den Penis ehe Gerald abspritzte. Wir waren alle wie in Trance und starrten gebannt auf den Fernseher, nach einer gefühlten halben Stunde, die in Wirklichkeit wohl nur ein paar Minuten war, konnten wir nicht mehr an uns halten. Es war noch schöner als im Schwimmbad, der Orgasmus

bombastisch, in einer körperlichen
Harmonie aufeinander abgestimmtes,
tonisches Muskel zucken, und dann
komplette Entspannung. Hinterher war
die Welt wohl wieder die alte, aber eines
war uns nach dem Erlebnis klar
geworden, es mussten Mädchen in unser
Leben.
So begann das Leben im Club Einzug zu
halten.
Die Glühbirne in dem Raum hinter der
Tapetentür wurde mit Wasserfarbe blau
angemalt und ergab somit einen
angenehmen dunklen Farbton.
Fortan wurde der Raum nur noch der
blaue Salon genannt.
Wahrscheinlich ist bei allen Partys, die
das erste Mal stattfinden, eine gewisse
Anlaufschwierigkeit vorhanden. So war
es auch bei uns, die Mädchen die wir
einluden horteten sich in einer Ecke, und
außer verstohlenen blicken war nichts zu
ficken. Unsere Phantasie und die Realität
waren meilenweit von einander entfernt.
Und so hatte wir die erste Lektüre im
Leben gelernt welche lautete "Mann darf
sich die Latte nicht zu hoch legen".
Zu viele Erwartungen trüben die
Partylaune.

So haben wir dann beim zweiten Mal die Sache etwas spannender gestaltet mit dem altbewährten aber damals völlig neuen Spiel Flaschendrehen. Mädchen und Jungs sitzen durchmischt im Kreis am Boden, die Flasche wird auf dem Bauch gelegt und gedreht. Zeigt die Flaschenöffnung auf eine Person kann der Dreher von dieser etwas einfordern. Für alle die nach 1980 geboren sind gibt's die Anleitung noch mal in verständlicher Sprache. Online gehen (im Kreis am Boden sitzen), mittels WLAN Verbinden (Flaschen drehen) und mit dem selektiven Gamer ein soziales Netzwerk aufbauen (Facebook). Nun wurden auch hier die Schwächen sehr schnell deutlich. Die Mädchen zierten sich und waren nicht bereit gewisse Hürden zu überspringen, ganz zu schweigen von körperlicher Nähe. Wieder war es Adam, der die Vorschriften, und den daraus resultierende selektiven Zwang der menschliche Psyche erkannte. Es ist mir heute immer noch ein Rätsel welches nicht zu lösen, aber Tatsache ist. Ein Gebot aufgeschrieben und sei es noch so unsinnig wird von den Menschen großteils angenommen. Die unsinnigsten Dinge werden ungefragt befolgt, so z.B. in Louisiana in den USA ist das Niesen auf offener Straße bei Strafe verboten, und die Menschen halten sich daran. Schreib was auf ein Schild oder Papier, häng es auf, und es wird Gesetz.

So taten wir!

Adam machte mehrere Zettel die er gefaltet in einen Karton warf. Er schrieb, dass der gegenüber, einen Kuss auf die Wange erhalten soll, oder einen Kuss auf den Mund, und noch nicht genug, einen mit der Zunge.

Kaum zeigte die Flasche auf einen Probanden, musste dieser einen Zettel ziehen, und die Anweisungen befolgen. Kaum zu glauben aber es funktionierte, die Mädchen hielten sich daran.

So kam was kommen musste der erste Kuss. Wir saßen am Boden mit Claudia, Angelika, Sylvia und Eva. Letztere zog den Zettel, und dann ging alles ganz schnell, kaum wahrnehmbar, aber doch ein klein wenig feucht, mit einem kleinen Hauch warmer Luft auf der Wange.

Ein furioses Empfinden das es in mir
auslöste, hormonell eine Explosion der
Gefühle, der erste Kuss.
Ich war glücklich!

Petting á' la carte.

Wir lebten in der Zeit wo Dr. Sommer uns belehrte, dass man vom Küssen keine Kinder kriegen konnte, dass die Geschlechtsteile Namen hatten, und das wir diese nicht nur zum pinkeln verwenden konnte. So verhielt es sich auch beim Küssen.
Mir war klar das es nur eine Frage der Zeit war bis mich das Glück traf und der Zungenkuss Folgen musste. Es gab drei Typen von Küsser. Der erste war der Mixer, das bedeutet ohne Gefühl rein in den Mund und umgerührt bis der letzte Sabber steif geworden ist. Der zweite war der Digeridoo Spieler, welche die Lippen nach innen stülpen und sie auf den gegenüber pressten, bis das Zahnfleisch anfing zu schmerzen. Die dritten waren die Franzosen, zärtlich die Lippen nach außen zu einer rundlichen Wölbung geformt und immer bereit mit der Zunge alle Winkel das Mundes zu berühren, und gleichzeitig mit der Hand den Nacken der Partnerin zu streicheln. Wahre Könner und Frauen-Versteher. Wahrscheinlich werden einen Begabungen in die Wiege gelegt, diese

man nach einer gewissen Zeit perfektionierte. So wurde mir alsbald der Ruf des Franzosen angedeihen.

Die wahre Kunst der Verführung, ist die Kunst der Stimulation der sensiblen Nerven, dessen Höhepunkt sich im Hypothalamus zum endomorphinen Feuerwerk gipfelt.

Wer die Kunst des Küssens und der zärtlichen Berührungen beherrschte kam weiter, und was bis jetzt gut funktionierte sollte auch weiterlaufen. So wurden wir kecker und füllten den Karton mit neuen Geboten auf.

Es kamen Zettel dazu auf dem Stand "einmal auf den Busen greifen" oder "du musst mit ihm/ihr in den Blauen Salon gehen und 5 Minuten alles machen was verlangt wird", es war fast wie Petting auf Bestellung, doch Adams "Law" war Pflicht.

Alsbald war meine Hand unterwegs, wie ein Autopilot, autonom strikt auf sein Ziel ausgerichtet, steuerte das Ding auf den Busen zu. Welche Gedanken mir damals durch den Kopf schossen weiß ich bis heute noch, den Pullover langsam nach oben geschoben und dann die Hand

auf die, die uns der liebe Gott in seiner Güte schenkte. Die Titten!
Mein Gott war das schön, aber immer noch nicht ganz am Ziel.
Mein Oberschenkel zwischen den Beinen, mit vaginalen Druck, und der wellenförmigen Bewegung der Körper, machte Angelika meine 5 Minuten Partnerin ziemlich geil. Sie war eine Schönheit und ihr ovales Gesicht hatte das Aussehen einer Sarazene, und als sie mich ansah entfloh mir der Gedanke ich sei der Sultan bei 1000 und einer Nacht.
Als erstes wurde der BH Verschluss geöffnet, was ziemlich schnell gelang. So war es möglich den ersten Hautkontakt zu der Brustwarze herzustellen, meine Hose drohte zu zerreißen, als die Warze sich versteifte und aufrichtete.
Von diesem Teilerfolg getrieben wagte ich den Vorstoß nach unten, und zu meiner Überraschung lies meine Partnerin gewähren als ich ihr die Hose öffnete.
Meine Finger glitten unter den Slip, den Schambeinhügel entlang und ertasteten das erste Mal die Muschi. Sie war heiß und feucht, erregt unter leisen wimmern

presste Angelika sie meiner Hand entgegen. Der Vulva entlang zittrig und nervös, schob ich meinen Finger direkt in das Feuchtgebiet.

Sie stöhnte als ich meinen Finger ein und aus bewegte, ich war im Himmel, und versuchte natürlich alles um die Situation zu steigern.

Die Klitoris wurde unabsichtlich in diesem Spiel mit einbezogen da meine flache Hand durch die enge Hose keinen Spielraum besaß, und so schaffte ich es trotz meiner Unerfahrenheit, meiner Partnerin den ersten Orgasmus zu verschaffen.

Im Club wurde sie Situation natürlich mit verfolgt, die Tapetentür konnte keine Geräusche absorbieren, und als wir den Raum wieder betraten war ein Held geboren. Die Blicke der Ehrfurcht und Bewunderung meiner Kollegen vergesse ich wohl nie.

Dass ich von meinen "ersten Mal" meilenweit entfernt war, konnte ich damals noch nicht ahnen.

Der Club florierte, zu Schmusesongs von Smokie's Mexican Girl und Amanda Lear's Folow Me wurde bei Rotlicht Cola und Salzstangen gereicht, wiederum konnten wir richtig gut Kohle machen.

Das Ende der Zivilisation oder als die Frauen anfingen Fußball zu spielen.

Um es gleich vorweg zu nehmen ich hasse Fußball, und hatte wohl zwei linke Füße dafür. Bevorzugt wurde das Spiel bei uns in der Schule im Unterrichtsfach Leibesübung gespielt, genau genommen spielten wir nur Fußball. Nun war es in den Siebziger jedoch so, das man lernen musste mit Enttäuschungen umzugehen, es kamen nicht die Eltern und schrieben bitterböse Briefe an die Landes-Schulbehörde, oder drohten den Lehrer mit rechtlichen Konsequenzen. Was im klar Text bedeutet, wer nicht gut genug war durfte auch nicht mitspielen. So saß ich im Turnunterricht das ganze Jahr auf der Reservebank bis auf einmal. Dieses einem mal wo die Mädchen und Buben eine gemeinsame Turnstunde hatten, in der Fußball gespielt wurde. Um das ungleiche Verhältnis des Könnens auszugleichen wurde immer ich als Spieler besetzt. Die Emanzipations-Bewegung hatten wir Alice Schwarzer und ihren Spießgesellen zu verdanken welche in den Siebzigern losgetreten wurde und das Ende dessen bedeuten sollte, was bis dahin unser Weltbild beherrschte. Welche Auswirkungen das hatte, begriffen wir damals noch nicht, und so verhielt es sich weiterhin dass der Mann der Jäger und die Frau die Beute war. Die Rollen waren klar verteilt und diesen Umstand machte ich mir, Fr. Schwarzer sei Dank, auch beim Fußball zu Nutze. Die Mann Deckung war dafür ein geeignetes Mittel um an die Busen heranzukommen, sie zu betatschen um ohne Rüffel und Tadel, oder geohrfeigt vom Feld zu gehen. Alle Mädchen waren natürlich entsetzt, mehr oder weniger, konnten aber wenig dagegen unternehmen. Alle, nein auch hier gab es den Unterschied, mit Namen Manuela. Sie hatte meine Absicht sofort durchschaut und als meine Hand wie zufällig unter ihr Trikot rutsche, griff sie mir zwischen die Beine. Mein Erstaunen war groß aber wir verstanden uns ohne Worte. Nach dem Unterricht sprach ich sie an, ziemlich geile Reaktion sagte ich zu ihr, hast nichts anderes verdient konterte sie und grinste.

Manuela wohnte in einem Weiler oberhalb unseres Ortes am Berg, und war ein richtiges Naturjuwel, jeder nannte sei nur die geile Manu.

Sie lächelte mich verheißungsvoll an und meinte dass einem Treffen, am Wochenende am Bergsee, nichts im Wege stehen würde. Die Clique war Feuer und Flamme ein paar Tage mit dem Zelt am See zu verbringen, und Manu hatte nichts dagegen das ich ein paar Freunde mitbrachte. Wir packten Schlafsack, Zelt und die Verpflegung ein, organisierten den Transport durch ein Elternteil und legten den letzten Teil zu Fuß zurück. Der Quellsee lag in mitten von Bergen und schimmerte in der untergehenden Abendsonne. Auf der rechten Seite lag eine Halbinsel auf der wir unser Zelt aufstellten. Provisorisch errichteten wir eine Feuerstelle aus Steinen und platzierten das Grillgitter. Nach dem Holz sammeln und Wasser holen zündelten die Flammen in den Himmel und das gebratene duftete verführerisch.

Plötzlich erschien sie, setzte sich mit Worten „hallo Jungs" zu mir und legte ihre Hand auf meine Oberschenkel. Manuela war Mittelgroß hatte einen Kurzhaarschnitt, sportlich und in der

Oberweite gut bestückt. Die Konversation war einerlei und ziemlich kurz, Manuela stand auf und führte mich an der Hand ins Zelt. Adam, Jürgen und Bernhard blieben am Lagerfeuer zurück, überspielten die Situation, in dem sie belanglose Gespräche völlig aus dem Zusammenhang gerissen konstruierten. Wir schmusten was das Zeug hielt, die ganze Palette dessen was meine Erfahrung hergab, die Hand den Busen massierend, stöhnend in einander verwunden. Doch war Manuela reifer, sie überlies nicht dem Zufall, als ich ihr die Hose öffnete und zwischen die Beine griff war dieser beengte Zustand nur von kurzer Dauer. Sie entledigte sich der Hose und Slip, und so hatte ich das erste Mal freien Zugang. Manu war ziemlich geil, ihr Scheidensekret rannte ihr bis zu den Knien, was mich damals sehr überraschte. Schnell war ich mir im klaren das ich sie mit den Fingern nicht befriedigen konnte, und sie sagte mir unmissverständlich was sie wollte. Mach es mir mit der Faust, flüsterte sie, es geht los mach. Sie griff nach hinten und förderte aus unseren Utensilien eine Flasche Sonnenöl hervor, die uns unsere

Mutter vorsorglich mitgegeben hatte. Als der Druckpunkt überwunden war flutschte meine Hand gut geölt aus und ein. Gleichzeitig legte Frau Hand an, sie öffnete meine Hose holte den Schwanz raus und begann mich zu wichsen. Unvergesslich, endlich das was die Bravo immer veröffentlichte. Vom Küssen keine Kinder, schoss es mir durch den Kopf, Ejakulat durch den Finger in die Scheide kann unter Umständen zu Empfängnis führen, es war alles scheiß egal, nur die pure Lust regierte, und wir steuerten auf den Höhepunkt zu. Vor dem Zelt war es ruhig geworden und die Clique lauschte andächtig wie es uns das erste Mal kam. Erschöpft, voll Harmonie und Glück lagen wir noch eine kurze Zeit Arm in Arm und küssten uns. Aber ich musste raus, um mich in Kreise meiner Freunde stumm zu präsentieren.

Die Anerkennung sprühte mir nur so entgegen, bis Jürgen aufstand, an mir vorbei ging, und das Zelt betrat. Es war keine Reaktion der Entrüstung zu Vernehmen, kein Geschrei, kein Gezeter, nein das Gegenteil trat ein und die

Ekstase breitete sich aus. Nach und nach besorgte es uns Manuela allen Vieren. Zum Abschied küsste sie uns, versprach wieder zu kommen und verschwand.

Das Tat sie auch schon am nächsten Tag und das Szenario wiederholte sich, Akt für Akt, nur die Zeitabstände waren kürzer. Wir wechselten uns viel schneller ab, konnten es kaum erwarten an die Reihe zu kommen, und Manu machte sich nicht einmal die Mühe mindestens den Slip anzuziehen. Sie lag im Zelt mit gespreizten Beinen und war in Vorfreude auf den der da kommen mag, machte aber jeden sofort klar, dass es keinen Geschlechtsverkehr gibt, damit war die Grenze abgesteckt.

Mit Grillen, Essen, Trinken und zwischendurch Pausen vergnügten wir uns fast den ganzen Tag, bis zur völligen Ekstase.

Als wir wieder abgeholt wurden und im Autos der Eltern saßen sprach keiner auch nur ein Wort, jeder versunken im Gedanken an dieses besondere Wochenende, in der Hoffnung auf Wiederholung.

Es sollte nie wieder kommen!

Gottes Kinder.

Das Unterhaltungsangebot war in den Siebziger am Land rech dünn, und so nahmen wir natürlich alles in Anspruch was der Freizeitbeschäftigung dienlich war, was zur Folge hatte das wir Mitglied bei der Jungschar waren. Wir hatten einen jungen Pfarrer mit Namen Herbert Fleischhacker der sich sehr für uns engagierte, ihm zur Seite stand der noch jüngere Kooperator Franz über allen wachte Dekan Süsslinger. Die Jungschar bedeutete nicht nur Kirche sondern war zugleich Treffpunkt für die Jugendlichen, mit dem Ziel der sinnvollen Beschäftigung "näher hin zu Gott" und richtete somit auch immer die besonders beliebten Einkehr-Wochenenden aus, welche auf Besinnung und Selbstfindung ausgerichtet waren. Sich selbst zu finden war natürlich auf die spirituelle Natur ausgerichtet, und hatte für pubertierende großen Einfluss, zumindest auf uns. Diese Wochenenden fanden nie in unserer Pfarre statt, sonder waren meist in einem der Häuser der Diözese weit weg von der Marktgemeinde.

Alsbald waren wir unterwegs in die Unterleutasch, in mitten der Tiroler Berge, um den Pfad der Erleuchtung zu finden. Nach einem ausgiebigen Abendessen wurde über den weiteren Verlauf des Abends abgestimmt, und die Mehrheit fand, dass das Mörder Spiel am stimmungsvollsten wäre. Die Gruppe bestand mit Adam, Gerald, Jürgen und mir, aus insgesamt sechzehn Personen, davon acht Mädchen.

Voraussetzung bei diesem Spiel ist absolute Dunkelheit, einer wir gelost und steht am Lichtschalter, er ist der Detektiv, und ein zweiter ist der Mörder. So bald das Licht aus ist bewegt jeder sich im Raum umher, der Mörder berührt jemand mit einem kleinen Schlag auf den Körper, das Opfer schreit und der Detektiv schaltet das Licht, und der Mörder wiederum hat nur die Aufgabe sich nicht zu verraten. Das heißt entweder möglichst weit vom Opfer entfernt sein, oder einfach den unschuldigsten der anwesenden Personen darstellen. Errät der Detektiv den Mörder wird dieser zum Detektiv, und muss dessen Platz einnehme. Klasse Spiel mit dem Ziel näher hin zu den

Mädchen, wobei der Mörder immer den Vorteil hat den Girls ungeniert an die Busen zu grapschen, der Schrei der Entrüstung war meistens echt, deshalb nannten wir dieses Spiel auch Titten hupen.

So spielten wir einen schönen Abend lang, nur bei Christl war nie ein Schrei zu hören. Adam kam zu mir und sagte, eh Anton, da geht was, das müssen wir ausnützen. Ich weiß auch schon wie, hab mit ihr ausgemacht das wir uns morgen eine Stunde vor der Abfahrt bei ihr am Zimmer treffen da wo alle schon gepackt haben, zur Abfahrt bereit unten warten, gehört das Schlafzimmer uns. Die Vorfreude war immens, die Stunden schienen nicht zu Vergehen, Minuten wurden zur Ewigkeit, die Nacht kaum an Schlaf zu denken, doch dann kam sie. Christl erschien in Jeans und Polo, lächelte sagte ok ihr zwei, und fing an mit uns herum zu schmusen. Nach kurzem Gefummel ging's ab ins Bett, mit der Bemerkung von ihr, dass sie nicht genau wusste was zu tun sei. Gesagt getan machten wir uns an Christl ran, die Decke über den Kopf gezogen begannen wir an zwei Seiten sie zu bearbeiten. Ich schmuste und begannen die Titten frei zu legen während Adam ihr die Hose auszog. So langsam die Zeit des Wartens sein kann so kurz ist die Zeit der Arbeit. Wir waren gerade voll bei der Sache alsdie Bettdecke weggezogen wurde. Kooperator Franz starrte uns mit großen Augen an. Die Peinlichkeit der Situation, erwischt zu werden mit, im wahrsten Sinne des Wortes mit heruntergelassenen Hosen, war unbeschreiblich.

Es bedurfte keiner Worte, Christl zog sich an und ging, wir wiederum harten der Dinge die da kommen mögen. Alles möglich bis zum kirchlichen Verweis wurde uns in den Raum gestellt, da war das Gespräch mit unseren Eltern noch das harmloseste, wobei Vater nicht der zimperlichste war und seine Bestrafung immer mit gewissen körperlichen Attitüden einher ging.

Wie erleichtert waren wir als uns Franz die Möglichkeit eines Beichtgesprächs nahe legte, sofort war uns klar, dass unter dem Siegel des Beicht-Geheimnisses nicht über das Geschehen berichtet werden konnte. Nach dieser verständnisvollen Haltung, eines angehenden Geistlichen würdig, wurde unter der Auflage von zehn Ave Maria kommende Woche, bei ihm im Widum, ein Termin vereinbart.

Bruder Franz erwartete mich in schwarzer Robe führte mich in sein Studierzimmer und Gebot mir Platz zu nehmen, ich war natürlich allein, Helmut sollte erst in den nächsten Tagen dran kommen, er setzte sich neben mich, sagte die Güte und Gnade Gottes werde über mich kommen, und ich begann Erlebtes zu berichten.

Kaum am Ende spürte ich seine Hand auf meinen Oberschenkel, erstaunt sah ich ihn an, doch Franz sagte energisch, dass er mich nun von meinen Sünden befreien würde, öffnet meine Hose, und begann mir einen runter zu holen. Keuchen und schwitzend stammelte er, spürst du die Erleuchtung, ja und wie ich sie spürte halleluja. Als ich kurz danach das Widum verließ war der Gewissensdruck verschwunden, und ich fühlte eine große Erleichterung, ob diese psychisch oder physisch war konnte ich meinerseits nicht genau definieren.

Adam hielt den Termin beim Kooperator nicht ein, und auch seinerseits wurde das

Thema nie mehr
angesprochen.Wahrscheinlich war die
Vergebung universell, und meine
Erzählungen viel zu obszön, um sich mit
selbiger ein zweites Mal auseinander zu
setzen, auf alle Fälle lies es sich mit
gereinigter Seele besser wie je zu vor
hinter den Mädchen her sein.
Doch auch hier waren wir vor der
göttlichen Konkurrenz nicht sicher.
Es wurde der Widum Keller reaktiviert,
genau gesagt, hatte vor uns schon eine
Jugendgruppe diesen umgebaut, und mit
einem Doppelplattenspieler, Mikrophon
und Mischpult ausgestattet. Es gab
keine Jugendhäuser, aber auch keinen
Bedarf dafür, so hatten wir den Luxus
unsere eigene Disko zu besitzen. Dafür
wurde aus unseren Reihen Discjockey
ausgebildet welche jeden Freitag für
Stimmung sorgten, der Name den wir
uns ausgesucht hatten war Focus Club.
Alsbald wurde aus dem Club Abenden
der Dorf Treffpunkt, in dem ziemliches
gedrängt herrschte.
Eng umschlungen tanzen, mit der Hand
den Rücken rauf und an dessen
verlängerten Teil wieder runter, bis zu
der unsichtbaren Grenze, Schummer-

Beleuchtung, Augenkontakt und im Cola-Rausch schmusen bis zu abwinken. Was hatte das Leben alles zu bieten! Nur ging es in der Öffentlichkeit natürlich nicht weiter, aber angeheizt durch die Stimmung Liesen sich die Mädchen nicht zieren und folgten uns aufs Klo, dort wurde weitergefummelt bis zum abwinken, und so kam es, das manch einer, mit der Hand in der Dame, vom Pfarrer erwischt wurde.

Es gab einige Pikanterie, doch von Seite Pfarrer Fleischhacker wurden keinerlei Sanktionen ausgesprochen, er war der Mann der uns verstand, und jederzeit bei uns willkommen war. Pfarrer Herbert war überall dabei, und so wurde auch eine Pool Party die wir im Hause einer Freundin durchführten legendär. Herbert war mitten unter uns und auch mitten im Pool, wenn sich Zwanzig Leute in einem vier mal drei Meter Schwimmbecken tummeln wird's ganz schön heiß. Zu guter Musik und heißen Rhythmen wurde Arsch an Arsch bewegt, da hat sich auch beim Pfarrer was geregt. Wir waren alle unverblümt, mit gegebener Naivität ausgestattet, vertraute ihn jeder, mit dem natürlichem Respekt der

Soutane, auch wenn er diese nicht trug, war ihre Autorität überall spürbar. Das wusste Herbert genau und machte sich dies zu Nutze, kaum ein Mädchen war vor ihm sicher, aber nie sprach eine davon, bis zu dem Tag, jenem schicksalhaften Abend wo der Zufall in meine Hände spielte. Es war spät und es fing schon an zu dunkeln, ich war ziemlich in Eile da ich um acht spätestens zu Hause sein musste. So war die Abkürzung über Fabrikshügel, der zwischen unseren Haus und dem meines Freundes stand, die einzige Möglichkeit noch rechtzeitig zu sein. Vater war ein ein gestrenger Mann und mochte es gar nicht wenn man seine Gutmütigkeit ausnutzte. Also rauf auf den Hügel und im Sprint dem Waldrand entlang wieder hinunter zur Bundesstraße, aber ich stoppte abrupt als mein Blick einen Peugeot erblickte der da mitten unter den Bäumen stand. Das Auto war mir bekannt, der Pfarrer dachte ich, was tut der den hier, wird wohl keine Panne haben. So steuerte ich auf den Wagen zu, aber irgendetwas kam mir komisch vor. So verhielt ich mich lautlos auf den letzten zwei Meter, die Scheiben angeschlagen und eigenartige Laute, hatten meine Sinne geschärft. Als ich hinein blickte erspäht ich den Pfarrer und Monika, bei der wir damals im Pool waren, beim heißesten Liebesspiel. Unbeschreiblich der Pfarrer bumst unsere Mädchen, wir hatten nicht die geringste Chance, und ich immer noch Jungmann. Das schrie geradezu nach Konsequenzen, diese folgten per Pedes. Nach einem anonymen Brief an den Dekan, mit exakten Angaben über Datum und Uhrzeit, pikanten Erzählungen über das ausschweifende Leben des Pfarrers, und furchtbaren Anschuldigungen die sich jedmöglicher Realität entbehrten, unter Androhung eine Kopie an die lokalen Medien zu senden, wurde Pfarrer Fleischhacker von unseren Seelsorge Raum abberufen und in eine entfernte Diözese versetzt.Und siehe da, waren wir plötzlich wieder der Hahn im Korb.

Das Wunder von Córdoba

Die Fußballweltmeisterschaft warf ihre Schatten voraus, alle hatten ihre Erwartungen und auch wir bereiteten uns vor. Von den Dreißiger bis Ende der Siebziger Jahre wurde unsere Marktgemeinde wirtschaftlich von der Lodenindustrie beherrscht. Bei der Lodenfabrik, eine von zwei großen Baumwollspinn- und Webereien unserer Gemeinde, in der hunderte Bewohner Arbeit fanden, war südseitig eine große Wiese. Dort befanden sich die Überreste einer Stützmauer die wir als eine der Außenwände benutzten um dort eine Hütte zu bauen. Unterhalb der Wiese befanden sich die Arbeiter Wohnungen, wo auch Gerald aus unserer Clique wohnte. So hatten wir Werkzeug und Möglichkeit zur Hand, ungestört den Bau zu beginnen. Holz wurde aus Großvaters Bretterlager "geborgt" und war als Geheimoperation mit Codenamen "Edi" geplant. Ausgeführt von Jürgen, Adam, Gerald und mir war die Operation in zwei Phasen unterteilt, ersten Ablenkung, zweitens mit Brettern untern Arm abhauen. In Großvaters unmittelbarer Nachbarschaft stand ein Mehrfamilienhaus welches im Parterre von der Fam. Flickenschneider bewohnt wurde, im ersten Stock von der Familie Pocher. Die zwei Flickenschneiders, ein betagtes Ehepaar um die achtzig, lebten allein, und waren beide dement. Sie bildeten sich immer ein von dem Pochers vergast zu werden. Wie oft schon musste ich mir als kleiner Junge ihre Geschichten anhören, die allesamt nur einen Inhalt hatten, nämlich das ihre verhassten Nachbarn, die oberhalb wohnten, Löcher in den Fußboden bohrten und Gas zu ihnen hinunter leiteten, um so an ihre Wohnung zu kommen.

Bei Schönwetter saßen die zwei, wie immer im Garten, und Genossen die Sonne. Wir schlichen hin, ahmten Zischgeräusche nach, flüsterten Gas, Gas und verschwanden. Das Geschrei der beiden konnte von niemand ignoriert werden und Großvater hatte alle Hände voll zu tun sie wieder zu beruhigen. So konnten wir genug Material sammeln, ausreichend für die noch verbleibenden Wände. Leider hatten wir zu wenig Holz

für das Dach, so beschlossen wir dieses
einfach wegzulassen, es war ein
trockener heißer Sommer und die
regenwahrscheinlich ziemlich gering.
Wichtig waren uns die Wände die uns
vor unliebsamen Blicke schützten, so
glaubten wir jedenfalls.
Es wurden ein paar alte Matratzen
ausgelegt, und die Beschallung
übernahm eine Batterie betriebener
Radiorecorder den Gerald brachte.
Die Fußballmannschaften kämpften um
den Gruppen Sieg, und wir kämpften um
die Gruppe Mädchen, alle mit dem einen
Ziel dem Aufstieg!
Zusätzlich errichteten wir einen
Grillplatz aus Steine den wir mit einem
Gitter, das Karl aus dem Bach gezogen
hatte ausrüsteten. Es war Ferienzeit, ein
lauwarmer Abend, mit Kristall klarem
Himmel, fast schon kitschig,
Wir luden zur Grillparty, und die Girls
kamen. Klassisch gab es Maiskolben aus
dem nahe liegenden Acker, frisch
geklaut, und Würste die wir unserer
Mutter abschwatzen konnten. Feuer
machen regte niemand auf, auch
Flurwächter gab es nicht, wir waren
allesamt den Umgang mit Feuer gewöhnt

und wussten über die Verantwortung bescheid. Der Maiskolben umgangssprachlich auch Türkenkolben genannt, hatte den Namen nach damit zu tun, das der Bauer hinaus auf den Acker geht, und späht, ob die "Flitschen", die den Kolben umhüllen, anfangen gelb zu werden. Ist das der Fall, so holt er seine Sichel, und schneidet die ersehnten Türkenerstlinge ab. Am besten schmeckt der Türken goldbraun geröstet, durchs Butterpapier gezogen, mit Salz veredelt. Der Geschmack kam auch bei den Mädels an, und in null Komma nichts war der Abend ein Erfolg.

Wir lachten, schäkerten, lauschten den Fußballreport, aber immer auf Tuchfühlung, im wahrsten Sinne, wanderten die Hände unter die Stoffe, es wurde eine Orgie des schmusen, eine wahre Ouvertüre.

Mit Angelika, Claudia, Astrid und Sylvia fieberten wir der WM entgegen, dank der Sommerferien konnten wir uns schon an den Nachmittagen in unserem neuen Clubhaus treffen. Es war das Spiel Deutschland gegen Österreich das im laufen war, Adam und ich hatten mit Claudia was am Laufen, lagen in der

Hütte und machten sie ziemlich an. Alles war erlaubt, was bewilligt wurde, kamen wir der Sache näher, so die Mannschaften auf dem Feld. Plötzlich entglitt die Kontrolle, und Claudia begann uns zu diktieren. Auch Deutschland verlor zusehends immer mehr an Boden, rätselhaft, hilflos wurden sie zu Statisten degradiert, gleich den Spielern ging es uns. Im Radio überschlugen sich die Ereignisse, der Reporter emotional außer Rand und Band brüllte in den Äther, schrie Tor, Tor, als Hans Krankl zum eins zu Null einschoss, öffnete Claudia die Hosen und holte unsere Schwänze hervor. Unbeschreibliche Emotionen, auf der einen Seite wurden die Situationen immer hitziger, am Feld wurde Druck gemacht, auch in der Hütte stieg der Druck als Claudia begann uns gegenseitig zu blasen. Wir waren unbeweglich in der Mitte völlig überfahren, das erste mal Sex, natürlich nur Oral, dennoch war es besser als jede Hand. Wie die Spieler ausgewechselt wurden wurde bei uns abgewechselt, Strategie umgestellt, Technik angewandt, gestürmt, ein Pass, aber nur der Schuss an die Latte. Der Konter lief, unaufhaltsam musste kommen was unvermeidlich, als Krankl zum Zwei zu Null gegen die Germanen einlochte, schossen auch wir ab. Der Reporter überschlug sich, schrie Tor, Tor es ist a Wahnsinn, Tor, zwei zu null, das Ende der Weltmeisterschaft für die deutsche Mannschaft, wir waren fix und fertig. Die Gespräche über diesen denkwürdigen Tag hatten auch Tage bzw. Wochen danach noch nichts an ihrer Brisanz verloren, wir konnten nicht genug über das Wunder von Córdoba erzählen, bis Vater uns zuwinkte. Kommt doch mal Buben, sagte er, und zeigte eine Handvoll Fotografien von unsere Hütte mit Claudia. Die Lodenfabrik war sechs Stockwerke hoch, und die Weber hatten dank des fehlenden Daches in unsere Hütte den besten Ein bzw. Überblick. Wir wurden über Wochen von dem Fabrikarbeiter beobachtet, fotografiert, dienten somit zur Unterhaltung im tristen Arbeitstag, und sorgten für Gesprächsstoff. Es dauerte nicht all zu lange bis Papa im Gasthaus, das er als Geschäftsmann kontinuierlich aufsuchte, davon erfuhr.

Die Fotos kursierten selbstverständlich vorher durch das Dorf und wurden Vater dann in die Hände gespielt. Ich stand vor ihm, brachte kein Wort heraus, die Peinlichkeit der Situation war erdrückend, am liebsten wär ich im Boden versunken, aber diesmal reagierte Vater völlig anders. Er zwinkerte uns zu, sagte nur ich hoffe ihr passt auf will nämlich noch nicht Großvater werden, lächelte und ging. Plötzlich stoppte er drehte sich um und sprach, ihr könnt jetzt offiziell im alten Haus einen Raum einrichten, damit ihr ein Dach über den Kopf habt.

Damit hatte die Geschichte für alle ein gutes Ende, nur nicht für die Flickenschneiders, sie wurden auf Grund des jüngsten Vorfalls psychiatriert, und sollten nie wieder kommen, aber auch der Sieg Österreichs über Deutschland nicht.

Der zweite Club fand seinen Anfang.

Drogen, Sex und Sauerkraut

Die Flower Power Bewegung dominierte die Sechziger und hatte mit Woodstock 1969 ihren Höhepunkt, der zugleich auch das Ende einläutete. Trotzdem konnte man der Ideologie der Hippie nicht aus den Weg gehen, die bis in die späten Siebziger hinein großen Einfluss auf uns hatte.
Die Hippie stellte ihrer Meinung nach den Sinn der Wohlstandsideale in Frage, und propagierte eine von Zwängen und bürgerlichen Tabus befreite Lebensvorstellung. Männer trugen oftmals ebenso wie Frauen lange Haare und Schmuck. „Freie Liebe" und freier Drogengenuss setzten sich durch.
Sie schmückten sich zum Zeichen für Frieden und Liebe mit Blumen, daher wurden sie von der Boulevardpresse „Blumenkinder" genannt.
Ihr Leitspruch war " Make Love, not war", es war die Idee von einem humaneren und friedlicheren Leben. Dieser Spirit wirkte auf unsere Generation faszinierend und die Schlagworte Sex und freie Liebe sehr anziehend, man war in einer Art

Aufbruchsstimmung, jeder träumte von der Laszivität und des Easy Way, aber auch alle anderen Genüsse sollten sich einstellen. Wir waren vierzehn, trugen die Haare und Koteletten lang, kleideten uns mit hautengen Schlag-Hosen und Hemdkragen die bis auf die Schultern reichten. Die Kindheit ging zu Ende und wir bewegten uns auf den Weg des erwachsen werden. Rauchen war ein Phänomen, es wurde überall geraucht, sogar in Fernsehsendungen wurde bei Diskussionsrunden geraucht, man war mit dem Glimmstängel gesellschaftlich akzeptiert. Selbstverständlich rauchten auch wir, und das alle!

Es war das männlichste was wir tun konnten, nur bei den Mädchen verhielt es sich genau umgekehrt. Meine Erste Zigarette hatte ich wohl mit zehn Jahren, es war einfach cool einen Waldtschick anzuzünden. Ein Waldtschick oder auch Tschigg genannt ist eine österreichische Eigenheit die heute noch unter den Jugendlichen weit verbreitet ist. Der Tschigg wird aus der gewöhnlichen Waldrebe gewonnen, diese Pflanze gehört zu den Hahnenfußgewächsen welche bevorzugt in den Laubwälder wachsen. Die trockenen Stängel dieser Rebe können geraucht werden, der Geschmack erinnerte an obergäriges Sauerkraut aber unabhängig davon ging der Rauch auf, dass war uns das wichtigste. Später klauten wir unsere Rauchwaren von den Eltern, oder besorgten uns mit ersparten Zigaretten. Ja selbst der kleinste Wicht bekam in der Trafik die Nikotin-Droge ausgehändigt, ohne das jemand eine Straftat beging, immer im guten Glauben dass der Knirps im Auftrag der Erwachsenen kam. Natürlich wurden wir auch erwischt, so trug es sich zu das wir beim Nachbarn, in früheren Jahren eine Baumhütte hatten, dessen Eingang an der Bodenseite mit einer Leiter versehen wurde. Karls Vater, und Großbauer, verfolgte seinen Sohn um ihn eine Abreibung zu verpassen und erkletterte zu diesem Zweck die Leiter, doch war die Bodenluke gerade groß genug das sein Kopf durch passte. Leider hatten wir auf der Innenseite eine Liste angebracht, die genau auf seiner Augenhöhe hing, welche alle Zigarettenmarken auflistete die wir schon probiert hatten. Ich kann mich noch gut an die Ohrfeigen erinnern, die Papa mit Schwung austeilte, als Adam und ich nach Hause kamen.

Auch der Alkohol kam, kein Koma saufen wie heutzutage, aber doch Bier und Ribislwein in rauen Mengen, der einzige der süß genug war um ihn zu trinken.

So konnte der Bau des zweiten Club starten, jener befand sich ein Stockwerk tiefer und bot mehr als ausreichend Platz. Es entstand eine Bar mit Musikanlage, Tontechnik, und natürlich Getränke in rauen Mengen, eine Sitzecke mit Esstisch, auf der anderen Seite die Schmusecke, ausgestattet mit zwei Couchen. Die Tanzfläche mit Beschallung aus mehreren Boxen, und am Plafond hing silberschimmernd die Discokugel welche von der Lichtorgel angetrieben wurde.

Nach dem Motto let's go Party luden wir, und sie kamen in Mengen.

Ab diesem Zeitpunkt nahm das Leben eine Wende, unsere Erfüllungen wurden übertroffen, eine Zeit ohne Sorgen, allein die Leichtigkeit des Seins beschäftigte uns, das morgen interessierte keinen. Alkohol enthemmte, die Musik versetzte in Ekstase, und die Liebe versetzte

Berge. Die Clique war angesagt und es wurden immer neue Freunde aufgenommen. Christian und Max mit seiner blauen DS, ein Moped der Marke Puch, der einzige der schon fahren durfte, Joschi ein größer kräftiger Kerl mit krausem Haar und Toni der Individualist.

Mit der wachsenden Anzahl von Personen kam auch das erste Gras bei uns an.

Toni hatte es aus dunklen Kanälen von der Dorfmafia erworben und präsentierte uns ein grünes Kraut in einer kleinen Tüte. Alle schnupperten und zogen die Nase, aha so riecht das sagte Chris, ja aber jetzt müssen wir erstmal einen Joint bauen entgegnete Toni. Wir saßen alle um den Tisch und er zelebrierte sein erstes mal, nahm zwei Zigarettenpapiere und verklebte diese konisch zulaufend, Tabak hinein, dann kam der wohl bedeutendste Augenblick. Andächtig sahen wir zu, wie er das Gras mit einer Brösel Bewegung in den Tabak mischte, die Stimmung war unheimlich ruhig im Glauben das wir kriminelles taten, rollte Toni den Joint, leckte genüsslich mit zusammengekniffen Augen die gummierte Fläche und verklebte ihn zu einen kleinen Trichter.

Er zündete das Machwerk an, legte zwei hole Hände zueinander, steckte den Joint zwischen Ring und Zeigefinger und begann an den einander gepressten Daumen Luft einzusaugen. Tief inhalierend, atmete er mit geschlossenen Augen, zufrieden lächelnd aus, und reichte den Joint in die Runde.

Abwartend was wohl passiert, wurde geschwatzt und gelacht, euphorischer den je Pläne geschmiedet, Witze gerissen bis der Lachflash uns alle einholte. Einfach herzhaft, befreiend diskutierten wir über den Sinn des Lebens, bis zur völligen Ekstase.

Im Glauben vereint, nun der Welt der Erwachsenen anzugehören, teilten wir die Mädchen untereinander auf, und schwörten uns nach dem ersten Mal Bericht zu erstatten.

Das Separee wurde im angrenzenden Zimmer wiedereröffnet, das Fenster verdunkelt und mit Matratzen ausgelegt. Die blaue Lampe leuchtete wieder! Jeder konnte oder wollte mit jedem, die Girls waren in keiner Weise prüde sondern gingen bis zum äußersten. Sogar beim Tanzen im Schummer licht hatten wir die Hand in der Hose und die Körpersäfte begannen zu fliesen. Keine fixen Paarungen sonder freie Liebe war der Leitsatz, nach diesem Motto kamen wir zum Schuss. Es wurde wild durcheinander gevögelt, manchmal teilten sich zwei von uns ein Mädchen, und das Séparée war dauerbelegt. Mehrere Pärchen vögelten dort oftmals gleichzeitig.

Alle kamen zum Zug, nur irgendwie fuhr dieser immer an mir vorbei, möglicherweise versäumte ich es an den Haltestellen einzusteigen.

Zum Sound von ACDC, Deep Purpel, Pink Floyd, KISS wurde ab gerockt und wenn es mal romantisch sein sollte war mal wieder Smokie angesagt.

Jeder brüstete sich mit den Heldentaten und schmückte die Geschichten rund um das Liebesspiel aus. Da kam der Zufall mir zu Hilfe. Ich traf im Dorf meine erste Jugendliebe Eva wieder, welche in der Zwischenzeit, in jungen Jahren schon bei ihren Freund eingezogen war. Jener zwar älter als sie, und nebenberuflich Amateur Spieler beim hiesigen Fußballclub. Was zur Ursache hatte, dass er nach der Arbeit seine Freizeit am Spielfeld verbrachte. Nun sind junge Frauen in ihren Liebestaumel zu Opfer bereit, doch nicht bereit dem Sportwahn ihre Triebe zu opfern. So kam ich unversehens zu einer Einladung in ihre Wohnung mit Kuchen und Kaffee. Wahnsinn dieses Klischee aber dahinter stand deutlich zu lesen "bitte nimm mich". Aber nicht ich, sonder sie nahm sich was sie brauchte, schon nach der ersten Tasse landeten wir im Bett. Zärtlich entkleidete sie mich und kaum einem Augenblick später lagen wir splitternackt unter der Decke. Ich war so verdammt nervös, dass ich das Ziel vor Augen, zu Zittern begann. Alles was ich jemals geträumt, nach dem mein Leben ausgerichtet, war nun zu Ende, ja endlich sollte es so sein! Nur mein kleiner Freund dachte diesmal nicht so, der Aufregung zu viel, kollabierte er und lies mich im Stich. Wie sehr sie sich auch bemühte es sollte nicht sein.

Das kann schon mal passieren, sagte sie, da wird der Körper zum Spielball des Geistes, mach dir nichts draus das, nächste Mal wird dafür umso schöner sein.

Eva reagierte sehr verständnisvoll und bemühte sich mein angeschlagenes Ego wieder auf die Beine zu bringen. Wir treffen uns nächsten Samstag Nachmittag wieder bei mir sagte sie, küsste mich und lies mich hängenden Kopfes nach Hause laufen. So wurde die Woche bis Samstag eine Tortur, immer wieder versuchte ich mir einzureden, dass es jeden passieren kann. Ich hörte doch schon davon, ist ja normal, passiert kein zweites Mal. Aber der Hinterkopf lässt sich nicht so einfach abschalten und die Woche zog sich hin. Umso näher der Tag kam umso unsicherer wurde ich. Punkt zwei Uhr, zum Spielbeginn, stand ich bei ihr vor der Türe, sie öffnete mit einem verführerischen Lächeln und mit einem Hauch von nichts, nahm mich bei der Hand und führte mich direkt ins Schlafzimmer. Das Vorspiel war zärtlicher und ausgiebiger wie sonnst, sie wollte mir Zeit lassen und erforschte mit ihren Mund meinen Körper. Wiederum begann sie mir langsam einen zu blasen und verführte mit ihrer Zunge allmögliche Akrobatik, aber so recht wollte der Lümmel nicht. Im halb steifen Zustand kann man nicht ficken. Meine

Gedanken spielten verrückt, ich bekam schweißgebadete Hände, aber Eva hatte noch nicht aufgegeben. Raffiniert fing sie an mir mein Poloch zu lecken, mit sanftem Druck, schob sie mir ihren Zeigefinger in den Arsch und massierte meine Prostata. Meine Herren da ging's ab, mein Penis stand knüppelhart wie aus Granit gemeißelt. Na geht doch, sagte sie, und lies sich genüsslich auf meinen harten Schwanz nieder. Das erste Mal, dabei von ihr genommen, keinen Gedanken an das was vorher, verrann der Nachmittag im Liebestaumel.

So trafen wir uns des Öfteren bei ihr zu Hause und hatten unzählige schöne Stunden die wir ausschließlich im Bett verbrachten.

Dieses Tete-a-Tete fand jedoch ein jähes Ende als unvermutet der gehörnte Ehemann nach Hause kam. Als sein Auto in die Garage fuhr, erkannte ich sofort die Aussichtslosigkeit meiner Lage. Das Schlafzimmer lag im ersten Stock, und der einzige Ausgang über das Stiegen Haus war blockiert. Der Kerl einiges größer, breiter, und viel stärker als ich, hatte wohl irgendwas mitbekommen. Panikartig streifte ich mir die Unterhose über, schwang mich aus dem Fenster und verharrte auf den Fenstersims. Just in dem Moment trat Dekan Süsslinger aus dem Nachbarhaus, welches er im Auftrag des Herrn, zum Zwecke der Totensalbung besuchte.

Oh mein Gott, hörte ich ihn rufen, halt dich fest ich alarmiere die Feuerwehr. Bloß nicht, schoss es mir durch den Kopf, also musste eine Entscheidung getroffen werden. Der Sprung wurde durch die Ziersträucher abgedämpft die darunter standen, trotzdem trug ich einige Blessuren davon und die Unterhose ging in Fetzen. Fluchtartig, mir meiner plötzlichen Nacktheit bewusst, sprang ich über den Zaun in den nächsten Garten. Nicht ahnend, dass sich die Verwandtschaft des Verstobenen dort trauernd auf der Terrasse versammelt hatte.

Die Witwe der Ohnmacht nahe brach in der Gruppe Empörung aus. So gelang mir im allgemeinen Tumult die Flucht. Nach Stunden langen verstecken, schaffte ich es die Nacht abzuwarten, und im Schutze der Dunkelheit nach Hause zurück zu kehren.

Als ich mich von den Resten der Beinkleider entledigte, entdeckte ich einen braunen Streifen in der Unterhose, hier hatte wohl die Vorsteherdrüse eine Bremsspur hinterlassen.

Feigwarzen

Es neigten sich die Siebziger zu Ende,
die berühmten Samstagabend Shows wie
Dalli Dalli oder am laufenden Band mit
Rudi Carell liefen aus, und Dr. Dralle
suchte immer noch sein Haarwasser.
Eine große Ära ging zu Ende, aber
unsere Partys waren populärer denn je
und standen erst am Anfang, der Club
mit Manni und Alexander als Neuzugang
komplett. Aber natürlich verbrachten wir
im Sommer viel Zeit im Freien,
bevorzugt am Inn, an der legendären
Sandbank bei der Sauweide.
Anfang des letzten Jahrhunderts hatte
jede Gemeinde eine Sauweide. Ein
Schwein war die Sparkasse der
Bevölkerung, und wurde wenn
notwendig für Fleisch oder Geld
geschlachtet. Die Schweineweide
wiederum ermöglichte es die Schweine
günstig und Naturnahe zu halten. Die
Äcker waren noch nicht so ergiebig und
niemand wäre damals auf die Idee
gekommen Schweine mit kostbarem
Getreide zu füttern. Deshalb wurden sie
auf Flächen gebracht die sich für andere
Tiere nicht eigneten, oder nach der Ernte

auf die Äcker getrieben wo sie die liegen gebliebene Körner und das Unkraut vertilgten.

Wir wussten mit alldem nichts anzufangen, doch der Name war weithin ein Begriff für Lagerfeuer, Grillen, romantische Nächte und allerlei Schweinereien. Max mit seinem Moped tauchte mit einem besonderen Getränk zum Grillen auf, die Bubi -Mischung, nach einem stadtbekannten Trinker benannt, der sich nur noch am Schnaps gütig tat. Gemischt in einer viertel Liter Maresi Flasche wurde zwei Drittel Obstler und ein Drittel Weichselschnaps gemischt. Die rote und süßlich schmeckende Flüssigkeit hatte es in sich, wie die heutigen Alkopops konnte das Ding am Anfang Flügel verleihen, doch der Absturz war tiefer als man ahnen konnte. Es fing an wie immer, am Lagerfeuer die Girls anbaggern, mit Alk enthemmen, und dann, lief es aus dem Ruder.

Völlig zugedröhnt wurde der Nachmittag zusehends Textilfreier, der Nachschub an Nahrung deckten wir mit Dynamit-Fischen ab. Genau genommen hatten wir natürlich kein Dynamit, aber der ungelöschte Kalk den Karl als Bauernbub in großen Mengen hatte, tat dieselbe Wirkung. Wichtig dabei war dass die Flasche luftdicht zu verschließen, dazu eigneten sich am besten Glasflaschen mit Bügelverschluss. Kalk in die Flasche, mit Wasser halb aufgefüllt, schnell verschlossen und ab ins Wasser. Die Explosion zerriss den Fischen die Lungen oder Schwimmblasen und sie wurden bequem von der Wasseroberfläche abgeernteten. Die Zeit-Ersparnis gegenüber den Angeln war enorm und wir konnten das tun wonach uns der Sinn stand. Aber auch essen half gegen Schnaps nur bedingt, völlig betrunken kippte ich irgendwann nach hinten und ging k.o.

Als ich wieder zu mir kam lag ich nackt in meinen Erbrochenen auf der Wiese und hatte Mühe mich zu erinnern. Entkleidete Körper wohin meine Augen blickten lagen schnarchend um ein Rinnsal von Rauch aus dem erloschenen Feuer. Als ich in den eiskalten Inn sprang um mich zu säubern, und wieder nüchtern zu werden, verspürte ich ein

Brennen und bemerkte einen kleinen
Riss in meiner Vorhaut.
Der Inn ist der größte Fluss unseres
Landes an dessen Verlauf unsere
Vorväter sich ansiedelten.
Ich fing an alle anderen zu wecken, die
Mädels kleideten sich an und manch
anderer tat es mir gleich und ging ins
Wasser. Was war los fragte ich, meine
Fresse hast du gestern Gas gegeben sagte
Adam, nach und nach hast du dich an
alle Mädels heran gemacht und ihnen die
Blusen und Shirts heruntergerissen.
Dann war Hünerjagen angesagt und zu
Schluss hast du es mit Sylvana hier am
Lagerfeuer getrieben, bevor du
umgefallen bist. Schamesröte stieg in
mir hoch aber mein Bruder meinte, dass
es keinen von uns viel besser ergangen
wäre, beziehungsweise konnte niemand
exakt die Vorgänge rekonstruieren.
Sylvia nahm mich zur Seite blickte mich
an küsste mich und meinte, mein Stier,
du warst gestern so wild das mir heute
immer noch alles weh tut, was
wahrscheinlich die Grundlage meiner
kleinen Verletzung darstellte. Die
Verhütung wurde im Zeitalter der Pille
den Frauen überlassen, das war so

selbstverständlich, ja normal, Mann musste sich keine Gedanken machen, HIV gab es nicht, Präservative waren nur teuer und vor allem nicht Gefühlsecht. Über Geschlechtskrankheiten dachte niemand nach, unserer Unbekümmertheit war keine Naivität sondern entsprach dem Zeitgeist.

Doch diese kleine Verletzung sollte mich noch lange beschäftigen und erst ein Jahr später in London sein Ende finden. Abgesehen davon erinnerte es mich an eine Wette mit Adam, wobei ich großspurig behauptete dass meine Muskeln in den Arschbacken so stark sei, das niemand in der Lage wäre diese mit bloßen Händen auseinander zu drücken.

Gesagt getan lag ich in meinem Bett, Adam stützte sich mit getreckten Armen ab, und presste so stark er konnte. Nach zirka 10 Sekunden erlahmte der Gesäßmuskel, die Backen schnellten auseinander und mein Anus, genauer gesagt der Schließmuskel, erlitt eine kleine Fissur. Nach wochenlangem Brennen und unangenehmen Sitzungen war auch die Wunde abgeheilt.

Nur diesmal war es nicht so, denn statt zu heilen, bildete sich eine kleine Hautwarze welche zusehends größer wurde. Nach ein paar Wochen hatte ich etwa ein Cent große Gewächs auf der Vorhaut, meine Gedanken waren am Karussell fahren, was tun? Zum Arzt mit der Erklärung, ich habe eine Verletzung weil ich so ungestüm war und versucht habe meinen Schwanz in die noch trockene Vagina einzuführen. Dabei ist mir die Haut eingerissen aus dem jetzt ein Gewächs entstanden ist. Unmöglich, es gab Dinge die waren in einem gewissen Alter einfach nicht möglich, wobei ich keinen Gedanken an eine Geschlechtskrankheit verschwendetet. Also griff ich zur Selbsthilfe, nahm mein Taschenmesser setzte mich zu Hause auf die Toilette und begann vorsichtig Schnitt für Schnitt das Gewächs zu entfernen. Es brannte höllisch, aber nach ein paar Minuten war es geschafft und ich versorgte die blutende Wunde einfach mit einem Wickel aus Klopapier, den Druckverband ersetzte das damals allzeit geliebte Stofftaschentuch. Nun war mir ein Ende der Geschichte nicht vergönnt denn es kam wieder, größer und grausiger wie vorher. Innerhalb eines Jahres wiederholte sich die Prozedur dreimal, und war schon fast Teil meiner Gewohnheiten die ich hasste. Florian ein Schulfreund schlug vor in den Sommerferien per Interrail Europa zu bereisen. Abenteuerlustig willigte ich ein, der Trip sollte über die Schweiz nach Lyon, in den Süden nach Barcelona, wieder retour ins Herz von Frankreich von Paris über Calais per Schiff nach Dover, in Englands Hauptstadt London, in den Norden nach Schottland, wieder zurück über Köln und München nach Hause führen. Zweimal besuchten wir Verwandte die keiner kannte, oder noch nie gesehen hatte, in Lyon eine schon totgeglaubte Tante und Pierre in London. Er ein ehemaliger Lebensgefährte meiner Schwester, die fünf Jahre ihres Lebens dort verbrachte, sollte uns mehrere Tage nächtigen lassen. Die Eindrücke kaum beschreibbar, Städte so groß mit Bauwerken, Wolkenkratzer, Untergrundbahnen, Menschenmassen, fremde Welten, Gerüche und Emotionen. So waren wir auf der Suche, in die Honeybourne Road Nr. 5, im Stadtteil

Warwicksire, ein schwarzgestrichenes Miethaus, in dem Pierre uns völlig verdutzt dreinblickend die Türe öffnete. Selbstverständlich, zumindest nach der Weltanschauung meiner Schwester Doris war es, niemand von einem Besuch in Kenntnis zu setzen, sonder anzunehmen das jeder Allzeit bereit, entzückend die Türe öffnet, und Einlass gewährt. Nachdem wir uns vorgestellt hatten blieb Pierre nichts anderes übrig, und lies Florian und mich wohnen.

 Wahrscheinlich war es schlicht und einfach nur erbarmen mit den zwei Landeier in der großen Stadt. Er händigte uns sogar die Schlüssel aus, sagte bedient euch, nehmt wozu ihr Lust habt, ich muss zur Arbeit. Pierre arbeitete als Journalist und hatte dadurch unregelmäßige Arbeitszeiten so dass wir nie wussten wann er wieder zu erwarten war. Der Plan war folgender, ein Pink Floyd Konzert, Wimbledon sehen, Madam Tussauds Wachsfiguren Kabinett, den Tower mit Big Ben und eventuell noch die Wachablösung beim Buckingham Palace, in drei Tagen kaum zu schaffen. Also entschied ich mich dafür Wimbledon sausen zu lassen, Flo zog alleine los während ich in der Wohnung alle Fünf gerade sein lies. Die Körperpflege wurde auf der Reise ziemlich vernachlässigt deshalb wollte ich die Zeit nützen um wieder meinen hygienischen Standard zu entsprechen. Also ab ins Bad, ausgezogen, und da war sie wieder, der hässliche Anblick, meine Erkrankung, das unliebsame Anhängsel. Zorn Stieg in mir hoch, es war als ob sich nur noch ein Gedanke manifestierte, hypnotisch verspürte ich den Zwang den Ding jetzt und hier ein für alle Mal ein Ende zu setzten.

Mein Taschenmesser war sowieso dabei, also setzte ich mich wie gewohnt zog die Vorhaut in die Länge, fluchte gedanklich, wollte nur noch töten und zog mit einem Schnitt durch. Das Blut spritzte mir entgegen, erschrocken versuchte ich die Blutung mit Klopapier zu stoppen, blickte mich um fand in der Hektik nichts, suchte hastig umher, Blut rann mir zwischen die Fingern, ich schnappte das Handtuch, und stopfte die Unterhose damit aus. Als ich die Misere sah wurde es schwarz um meine Augen, mir war als ob ich gerade einen Joint hinter mir hatte. Als ich wieder klar wurde bugsierte mich Pierre der zufällig vorbei kam in sein Auto, sprach aufgeregt in eine Sprache die mir Spanisch vorkam, und beförderte mich in das nahegelegene Klinikum. Dort schob mich eine junge Schwester in einer altmodischen Schwesterntracht mit weißer Haube und Kittel in eine Kabine. Sie hatte gefärbte Haare, war stark geschminkt, aber lächelte und wirkte sehr sympathisch. Nach kurzem warten kam der Arzt setze eine lokale Betäubung, hob mit einer Pinzette die Warze an, durchtrennte das letzte Hauptstück an dem sie hing, betrachtete das Ding über den Rand seiner Lupenbrillen, sprach allwissend die Worte Condylomata acuminata, setze zwei drei Nähte, schnippte die Latex-Handschuhe in den Abfalleimer und verschwand Wortlos. Die junge Schwester betrat den Raum um mich zu verbinden, lächelnd blickte sie mich unentwegt an und sagte, hey heut Abend feiern ein paar Freund mit mir ein kleines Fest wenn du Lust hast komm doch mit. Völlig perplex, noch ein wenig benebelt von den Vorkommnissen, konnte ich kaum glauben was gerade

abging und sagte natürlich zu. Ich hatte
noch nie eine Verabredung getroffen
wobei die Frau meinen Penis in der
Hand hielt, die Situation war doch ein
wenig grotesk, normalerweise kam das
erst später. Mit einer Adresse, einem
Rezept auf Schmerztabletten und einem
Rechnungsbeleg über fünfzig Pfund
verließ ich die Klinik. Pierre sprach
während der Autofahrt nur wenig,
versicherte mir aber niemand davon zu
erzählen auch Florian nicht.
Auf den Zettel stand, please come at
eight o'clock to Gerrys Pub, Kensington
Place.
Um kurz vor acht trat ich durch die Tür
und blickte mich um. Das Pub bestand
aus einen langer Tresen, runden Tischen
in der Mitte und braune Ledersofas an
den Wänden, spärlich beleuchtet und
ziemlich verraucht. Ich könnte sie
allerdings nirgendwo entdeckt bis mir
jemand auf die Schulter tippte. Sie hatte
 Springerstiefel an trug schwarze Hosen
mit Löcher, eine Lederjacke ohne Ärmel,
künstlich blond gefärbte Haare welche
sie wie einen Kamm trug, war dunkel
geschminkt, durch ihre Wange steckte
eine Sicherheitsnadel an der eine Kette

bis zu Ohr verlief. Es waren die Anfänge der Punk Bewegung, von der ich natürlich noch nie gehört hatte. Breit grinsend nahm sie mich bei der Hand, führte mich zu einen der Wandtische an der eine bunte Runde saß und stellte mich vor, in dem sie laut tönte, hey alle mal herhören dass ist mein Freund mit dem Oetang Piercing von dem ich euch erzählt habe.

Mir sagten die Worte Piercing oder Oetang gar nichts, und so Verstand ich nur Bahnhof, ansonsten wäre ich wahrscheinlich vor Scham in den Boden versunken. Anerkennende Blicke wurden mir zugeworfen, die Schulter geklopft und die Hände geschüttelt. Ein paar Pint Ale später fand ich alle sehr sympathisch und Tom der größte unter ihnen bestellte eine Runde Absinth. Der Drink wurde mit einem speziellen Löffel serviert, der in der Mitte ein Loch besaß in dem ein mit Absinth getränkter Zuckerwürfel steckte. Dieser wurde angezündet und die karamellisierte Masse tropfte in das Getränk. Der Trinkspruch lautete " Never run faster than your Angel can fly" damit wurden die ersten Runden verputz und die

Gesellschaft wurde immer lockerer. Jeder brüstete sich mit seinen Heldentaten, zeigte ungeniert seine Piercings, drosch Sprüche und wollte der härteste sein. Die zwei Mädchen in der Runde, Chelsea die Krankenschwester und Emma die Wurstverkäuferin, hoben die T-Shirts an und bedrängten mich gerade zu mit ihren nackten Brüsten. Alle beide besaßen durchbohrte Brustwarzen in denen ein Nagel steckte, welche ich nicht nur Betrachten, sondern auch ungeniert befummeln konnte. Absinth hatte durch den hohen Thujon Gehalt eine halluzinogene Wirkung, so erlebte ich London aus einer völlig anderen Perspektive. Nach dem fünften Grünen sprang ich auf und präsentierte allen meinen nackten Schwanz in dem ich ihn wie ein Ventilator kreisen ließ. Hey man that's a cut schrie Patrik, einer der Jungs, zeigte auf meine Naht, lachte laut, schlug sich mit der Hand auf die Schenkel und bestellte die nächste Runde. Niemand nahm Anstoß an unserem Verhalten es interessierte keinem solange bezahlt wurde. Nach dem achten Absinth schwand meine Erinnerung.

Ich erwachte am nächsten Morgen mit Chelsea und Emma splitternackt in einem Doppelbett. Als ich ziemlich verkatert an mir runter blickte, fuhr mir der Schreck wie ein Blitz in die Knochen, die Lacken voll mit getrockneten Blut, am meinem besten Stück keine Nähte mehr, sondern nur noch eine riesige Blutkruste. Ich war auf einen Schlag nüchtern, sprang auf, raffte meine Kleider zusammen und verschwand. Florian erwartet mich bereits mit gepackten Sachen vor der Wohnung. Unterwegs zum Bahnhof berichtete ich von den zwei Mädels, den Ausgang verschwieg ich, und wahr froh London Richtung Loch Ness zu verlassen, soviel ungeheuerliches sollte mir dort nicht widerfahren.

Natürlich konnte damals niemand ahnen, dass ich mit hoher Wahrscheinlichkeit der Begründer einer neuen Bewegung war, die später unter cutting oder scarification auch Body Modification bekannt wurde.

Wieder zu Hause nahm ich das Lexikon meines Vaters zur Hand, schlug die Diagnose nach und las folgende Zeilen.

Bei Condylomata acuminata auch unter dem Begriff Feigwarzen, und Genitalwarzen bekannte Warzen, handelt es sich um eine Viruserkrankung. Unter Feigwarzen versteht man gutartige Gewebswucherungen, die auf den äußeren Geschlechtsteilen, am After, in der Scheide und im Enddarm entstehen. Die Krankheitserreger werden beim ungeschützten Geschlechtsverkehr übertragen. Der Blitz traf mich ein zweites Mal.

Die Redaktion

Mit knapp sechzehn begann unsere Ausbildung, Adam fing eine Lehre als Zahntechniker und ich als Elektroinstallateur an.
Mit unserer Lehrlingsentschädigung besaßen wir das erste Mal Geld, aber Vater brachte uns bei dass das Leben etwas kostet. So kassierte er die Hälfte als "Kostgeld" wieder von uns ab. Aber wir sparten trotzdem, so konnten wir kurz nach unseren sechzehnten Geburtstag zwei Mopeds anschaffen. Helmpflicht oder gar Führerschein gab es nicht, jeder konnte mit erlaubten Alter motorisiert auf die Straße. So zogen wir nur schwarze Lederjacken an, darüber eine Jeansjacke mit abgetrennten Ärmeln welche mit allerlei Sticker aufgemotzt wurde um cool auszusehen.
Mit Cowboystiefel und Halstuch war der Look perfekt, wir waren auf dem Highway to hell die wohl mit Abstand beste Truppe am Land. Durch den gestiegen Lebensstil waren wir leider permanenter Geldknappheit ausgesetzt. Benzin, Versicherung, Party und die Mädels kosteten, so waren wir

gezwungen zu improvisieren. Der Joint gehörte natürlich zum damaligen Lebensstil aber wenn mal wieder Ebbe in der Kasse angesagt war, kamen uns die verrücktesten Ideen um high zu werden. Als meine Eltern in ihren wohl ersten, verdienten Urlaub fuhren, wurde das Motto sturmfreies Haus ausgerufen. Alle kamen und brachten zu trinken mit, aber schon wieder mal nichts zu rauchen, also hieß es spontan Kreativ zu sein. Bob Marley, die Reggae Ikone und Exot, welcher uns mit seiner Lebenseinstellung in den 70iger sehr beeindruckte, war der Inbegriff eines kiffenden Dreadlocks tragenden Rastafari-Anhänger. Ergo könnte doch noch mehr aus seiner Heimat genau so berauschend wirken wie seine Musik. Mit der Banane, ein sehr beliebtes und vor allem gesundes Obst, welche Mutter meist zu Hause hatte, müsste sich doch was anfangen lassen. Aber wie war das grüne Ding zum verarbeiten? Da kam mir ein Gedanke.

Ich spannte über dem Elektroherd einen Zwirn, hing die Schalen der Banane daran, welche auf höchster Stufe unter glühenden Kochplatten trockneten.

Das Gelächter meiner Freunde war groß, trotzdem war die Spannung greifbar, die Musik laut, das Bier eisgekühlt, und der Mund voll mit der zu kauenden Frucht. Nach einer gefühlten viertel Stunde wurde das braune trockene Überbleibsel der Banane ausgekühlt, kleingeschnitten, in den Tabak gemischt und zum Joint gedreht. Als der Rauch unsere Lungen füllte kam der Bananen Flash so unerwartet aber einzigartig dass mir bis heute nicht klar ist, ob es einen placebo Effekt oder der Wirklichkeit entsprach. Das Fest hingegen kam zu Höhepunkt, völlig zugedröhnt kam Helli auf die Idee "Herz As" aufzuschlagen. Eine deutsche Abwandlung von Stripp-Poker, in einer schnelleren und einfachen Version. Mein Zwilling, Manni, Alexander, Ursula, Kathrin, Claudia und meine Wenigkeit saßen kreisförmig am Boden vor uns lag ein Kartenspiel. Im Uhrzeigersinn wurde abgehoben, wer die Herz-As erwischte musste ablegen.

Nun ist den Listenreichen nicht immer das Glück beschert, so kam es, dass wir Jungs in Bälde nackt waren. Die Mädels leicht bekleidet vor uns, wollten wir natürlich nicht aufgeben, also erhöhten wir den Wetteinsatz um an das ersehnte Ziel zu kommen. Der erste Einsatz, eine Runde ums Haus so wie man zum gegenwärtigen Zeitpunkt bekleidet war. Das Schicksal traf Alex welcher ins Freie musste so wie ihn Gott schuf. Da es gegen elf Uhr Abend schon Stock dunkel war, konnte die Aufgabe mit ein klein wenig Unbehagen doch schnell erledigt werden. Die nächste Runde verloren die Girls und die ersten Möpse wurden freigelegt. Angespornt durch den Anblick wunderbarer Titten, schoss das Blut in Richtung Unterbauch und der Denkprozess kam völlig zum Erliegen, ansonsten wäre die nächste Wette nicht zu erklären gewesen. Wir waren ja schon völlig entkleidet also mussten wir einen Einsatz bringen, welcher hieß, eine Runde zu zweit auf dem Moped durchs Dorf, und das Nackt. Lieber Gott sei uns gnädig nur noch einmal gewinnen und die Mädels waren aller Kleider beraubt. Doch der liebe Gott hatte seine Finger diesmal nicht im Spiel, Adam zog, und wir verloren. Natürlich wollten wir uns aus der Sache rausreden doch es nützte alles nichts, einzig konnten wir von den Girls zwei lila Helme ergattern, Socken

und Schuhe anziehen. Das Kennzeichen wurde zugeklebt, der Bruder auf dem Sozius und los ging der Ritt. Das Zentrum war nicht sehr groß und am Abend Menschenleer, das Risiko von irgendwem entdeckt und erkannt zu werden war daher sehr gering. Trotzdem entschieden wir uns nur eine Runde um den Weiler zu drehen, damit konnte die Strecke abgekürzt und entschärft werden. Es kam mir ein Gedicht von Göthe in den Sinn mit den Worten „Dunkel war's der Mond schien helle, auf die grün beschneite Flur, als ein Wagen langsam schnelle, um die Runde Ecke fuhr. Drinnen standen sitzend Leute, schweigend ins Gespräch vertieft, als ein toter Hase auf dem Rasen Schlittschuh lief."
Nur stand der Wagen am Straßenrand an einer dunklen Ecke in dem die Polizisten auf Alk Sünder jagt machten. Als die rote Kelle leuchtete, war klar, wer der Tote Hase war. Adam und ich, mit rosaroten Helmen, nackt nur mit Schuhen bekleidet, riefen Staunen und schmunzeln hervor, als vier Polizisten uns einkreisten. Papiere, sagt der Inspektor und wir blickten uns ratlos an,

natürlich hatten wir keine, da wir keine Taschen trugen.

Die Nummerntafel unkenntlich gemacht stellte er fest, haben Sie getrunken, was wir sofort verneinten, na dann können sie ja Blasen. Da brachen die Kollegen in schallendes Gelächter aus, stotternd versuchten wir die Situation zu erklären. Nur umso mehr wir sprachen umso lauter wurde das Gelächter, bis auch die letzten Nachbaren aus dem Fenster sahen.

Der Alk Test verlief negativ, für Drogen gab es damals noch keinen Test, also nahmen sie uns mit auf den Polizeiposten. Wir konnten unsere Scham als einziges mit den Socken bedecken welche wir uns über den Penis stülpten. Nach Feststellung der Personalien wurden wir mit einer Anzeige wegen Erregung öffentlichen Ärgernisses und unkenntlich machen eines Kennzeichens, wieder entlassen.

Die Party war noch im Gange als wir nach Hause kamen, die Musik rockte mit einer Lautstärke die Tote aufwachen lies, gab es von nun an nur noch die Devise, trinken bis zum umfallen, schlimmer geht's nimmer. Doch es kam schlimmer.

Ein paar Stunden später klingelte es und ich öffnete, da standen dieselben Polizisten vor mir, sahen mich mit den Worten an, sie schon wieder, nur diesmal angezogen, und schüttelten den Kopf. Wir haben eine Meldung wegen Störung der Nachtruhe, bitte stellen Sie die Musik leise ansonsten sind wir gezwungen Anzeige zu erstatten. Kaum gesprochen lief mir grölend, völlig betrunken Adam in den Arm, sah die Polizei, und stellte die unabdingbare Frage. Seid ihr eigentlich Zwillinge? Oder hat euch die Mama nur dieselbe Kleidung angezogen, weil einer allein kann doch nicht so blöd sein! So komplettierten wir den Abend noch mit einer Anzeige wegen Beamten Beleidigung.

Bei der Ankunft meiner Eltern kam auch der gerichtliche Strafbefehl zur Zahlungsaufforderung. Vater tobte und drohte uns all mögliche Konsequenzen an, was letztlich überblieb, war ein Monat Hausarrest. Das juckte aber nicht im Geringsten, da wir uns sowieso nirgendwo blicken lassen konnten. Überall wurde laut gelacht und mit dem Finger auf uns gezeigt, also war es ein leichtes die Strafe abzusitzen. Wochen ohne Freunde, ohne Ramba Zamba, ohne das Fernsehen, nutzten wir, indem wir die Zeit der Brüder genossen, Bücher wälzten und alles Mögliche besprachen. Die Dialoge wurden zusehend sensibler und Intellektueller, so überlegten wir, sinnvolles mit unserer Freizeit anzufangen, was letztlich den Ausschlag dafür gab, eine Zeitung zu gründen. Die Jugend unserer Gemeinde hatte schon lange ein Anrecht auf Information und brauchte ein Sprachrohr, befanden wir, somit entstand die erste Jugendzeitung der Region. Die Jungs wurden zusammengerufen und der Gedanke nahm konkrete Formen an. Als erster kontaktierten wir den Herausgeber der regionalen Wochenzeitung, welche in unserer Marktgemeinde publiziert wurde. Besitzer und Verleger in einem war Norbert Kallser, der mit seinem Medium "Brennpunkt" über fünftausend Haushalte erreichte. All zu gerne hörte Norbert sich unsere Idee an und war dafür zu gewinnen. Er bot uns seine Unterstützung, und sollte mehr als das in unser Blatt einbringen. Wir bekamen Einsicht in die Druckerei, lernten redaktionelle Grundzüge bis hin zum Umbruch und den Satzspiegel der Zeitung. Welches das Anpassen der Textzeilen an das Seitenlayout und die Nutzfläche einer Zeitschrift bezeichnet. Die Kunst dabei ist die Gestaltung der Seite in eine Form zu bringen das sie den Betrachter harmonisch erscheint. Fasziniert, voll Euphorie war uns klar was Sache ist, deshalb musste Platz für die Redaktion gefunden werden. Alexander lebte mit seinem Vater, ein Unternehmer, und einer Haushälterin allein. Als sein Sohn mit der Idee an ihm herantrat, stellte er uns seinen Keller zur Verfügung welcher einen separaten Eingang besaß. Somit begann der Aufstieg der ersten Jugendzeitschrift die als Beilage im Brennpunk, einmal im Monat erscheinen soll. Wir besorgten uns Schreibmaschinen, Bill Gates war leider noch in seiner Garage beschäftigt, und gingen ans Werk. Alsbald sollte die Zeitung mit den Namen "die Mitte", eine Hommage an die Geographie des Ortes und Platzierung der Beilage, unerwartete Erfolge feiern. Nach den ersten drei Ausgaben waren wir wieder in aller Munde, vergessen die Fotos, vergessen die schamlosen Aktionen, diesmal schlug uns aufrichtige Bewunderung entgegen. Es kamen Einladungen von den verschiedensten Gruppierungen wie, Die Kunst am Lande, oder Jugend im Wandel, bis hin zum Emanzipatorischen Kulturkreis der Frauen, kurz EKF genannt. Letzterer sollte uns noch ein Erlebnis der besonderen Art bescheren. Zu der Zeit hatte die deutsche Rockröhre Nina Hagen ihren Skandal umwitterten Auftritt im österreichischen Fernsehen bereits hinter sich. Vor laufender Kamera demonstrierte sie damals in einer Livesendung wie sie sich selbst befriedigte. Mit einer hautengen schwarzen Lederhose bekleidet, bei der sich mit gespreizten Beinen die Vulva deutlich abzeichnete, vollführte sie allerlei Verrenkungen, und demonstrierte die weibliche Masturbation in Vollendung. Adam und ich folgten der Einladung und trafen uns mit dem EKF im Haus der Lehrerin Heidi Völlenklee, ihres Zeichen die Vorsitzende. Der Vorstand und gleichzeitig auch die Vollversammlung bestehend aus vier MitgliederInnen waren anwesend. Nachdem Kaffee, Kuchen und allerlei

Höflichkeitsfloskeln getauscht waren kam der Kern der Sache auf uns zu. Unverblümt würden wir mit der Frage konfrontiert weshalb unsere Redaktion ausnahmslos mit Männer bestückt sei, wieso sind keine Frauen im Team? Es wurde das Schuldgefühl sofort implementiert, so dass wir nur ausweglos mit den Schultern zuckten konnten. Das saß, sie genossen ihren scheinbaren Triumph.

Um die Situation zu entschärfen bot Fr. Lehrerin einen Kräuterschnaps an, mit dem sie uns zur Umkehr bewegen wollte. Nach dem wir uns wieder gefangen hatten, diskutierten wir die Lage und stülpten bereits den vierten Schnaps, was nicht allem gut bekam, so verabschiedeten sich drei der Frauen nach und nach. Nur Heidi hielt die Stellung und ihre Meinung. Sie erfüllte das Klischee einer Lehrer-Emanze vollkommen. Konservativ Gekleidet trug sie dunkelblaue Faltenröcke zu weißer Bluse, Hornbrille mit glatt nach hinten gekämmten schwarzen Haaren und Schuhe mit leichtem Stöckel. Nach der jahrelangen Unterdrückung der Frau wird es nun Zeit für die Emanzipation in all ihren Bereichen, im speziellen die physische und psychische sowie seelische Gleichstellung sprach sie, und kippte den fünften Likör. Was sie denn mit körperlicher Gleichstellung meinte, fragte ich, dies wird und kann ja wohl nicht zielführende sein. Natürlich, so kann nur ein Mann denken antwortet Heidi, damit sei die Unterwürfigkeit des Körpers im speziellen auch auf das Sexualverhalten gemeint. Die sexuelle Revolution ist bereits im Gang, so wie von Nina Hagen demonstriert, Masturbation ist nicht ausschließlich männlich, sprach sie. Wir waren unerfahren und ahnungslos, sodass wir mit der "Selbstbefriedigung der Frau" nichts anfangen konnten.

Das Synonym der Onanie welches sich auf die manuelle Stimulation der weiblichen Geschlechtsorgane bezieht, sprach sie. Es kann doch nicht sein, dass die heutige Generation von Männern sich nicht mit der weiblichen Anatomie auseinander setzt, typisch nur auf dem eigenen Orgasmus fixiert. Also fing Fr. Völlenklee an, uns dieselbe anschauende Lektion zu erteilen wie Nina dem ORF.

Unsere Augen wurden immer größer, als uns das Blut in den Unterleib schoss, begannen sich unsere Schwänze deutlich durch die Hose abzuzeichnen.
Somit war der kritische Punkt erreicht, Fr. Völlenklee hatte als unsere ehemalige Lehrerin keinerlei Verpflichtung mehr, auch den pädagogischen Auftrag bereits erfüllt, andererseits natürlich war sie immer noch eine autoritäre Respektsperson. Aber sie erkannte die Situation sofort und eh wir uns versahen klopfte sie uns mit dem Holzlineal auf die Finger. Wir hatten zuzusehen sonst nichts! Der Rock hochgezogen, den Slip mit der einen Hand zur Seite, zog sie die Schamlippen auseinander und gewährte uns Einblick in unerkannte Sphären. Genauestens wurde die Klitoris begutachtet, der Eingang der Harnröhre entdeckt, und die Scheide erklärt. So nun die Stimuli des Genitals, sprach Fr. Völlenklee und demonstrierte dies anschaulich. Mir kam es vor als wäre ich wieder im Unterricht, wo sie mit ihrer herrschenden Art uns milde lächelnd unterwies. Damals schon hatte ich ab und zu einen Steifen in der Hose und musste in der Pause schnell

auf die Herren Toilette um mir
Erleichterung zu verschaffen. Genau das
wiederholte sich nun exakt wieder!
Adam erging es wohl genauso, als wir in
der Redaktion den Artikeln setzten,
lächelte er und schrieb. "Die
diktatorische Unterdrückung des Mannes
durch die Emanzipation"
Der Aufschrei war natürlich groß, neben
dem EKF zogen auch die
sozialdemokratischen sowie die
christlichen Frauenbewegungen gegen
uns ins Feld, so dass unser Herausgeber
unter dem politischen Druck gezwungen
war "die Mitte" nach nur vier Ausgaben
wieder einzustellen.

Penisfreu(n)de

Wir waren jung und hatten Sehnsucht auf die Fremde, kurz gesagt der erste Urlaub stand an. Jürgen schlug einen Trip nach Sizilien vor, mit von der Partie sollte ein Freund namens Werner sein. Die Vorbereitungen waren schnell getroffen, Kleidung Gaskocher sowie Kulturbeutel im den Seesack geworfen und ab. Jürgen tauchte mit Zelt und Tramper- Rucksack auf während Werner sich mit einer Nylontüte unterm Arm einfand. Unsere Blicke entgingen ihn natürlich nicht, also entgegnete er das nötigste dabei zu haben. Werner, sprach Jürgen, wir fahren zwei Wochen nach Sizilien, das kann doch nicht dein Ernst sein, doch der Rest wird einfach gekauft, widersprach er, und tat mit einer Handbewegung das Gespräch ab. Der Zug fuhr pünktlich ab aber wir hatten über den Brenner-Pass auf Grund Umbauarbeiten Verzögerung, so wir den Anschlusszug in Bologna nicht mehr schafften. Ergo mussten wir vom Schnellzug auf den Nachtzug umsteigen, welcher ein Pendelzug war und in jedem kleinen Dorf Station machte.

Dieser war heillos überfüllt, so wir es gerade noch schafften am Gang vor der Toilette am Boden zu sitzen. Ein Zug von Reisenden mit persönlichen Geschichten und Schicksale, Menschen mit Koffern oder nur einen Karton untern Arm, es wurde ein ständiges Ein und Aussteigen. Sogar Tiere wurden beförderte, alte Frauen mit Vogelkäfigen, Bäuerinnen mit Hühnersteigen bis zum Ziegenbock, alle reisten in diesem einen Zug. Die Fahrt führte uns von Florenz vorbei an Rom und Neapel nach Messina den damaligen einzigen Fährhafen. An Schlaf war nicht zu denken, erst am frühen Morgen nach gut zehn Stunden Fahrt, leerte sich der Zug und wir konnten ein Abteil ergattern, welches wir mit einer Amerikanerin teilten, die so wie wir am trampen war.

Eine Studentin aus Ohio, mit Namen Jenny, die uns unaufhörlich die Köpfe voll quatschte. Sie berichtet von ihren Erlebnissen in good old Europa, und die Faszination des Kontinents, jeder Amerikaner wäre begierig die geschichtsträchtigen Burgen und Schlösser zu sehen. Ihr nächstes Ziel war

Palermo, wir aber wollten auf die Südseite der Insel nach Siracusa. Der Zug fuhr direkt auf die Fähre und wurde nach der Überfahrt am Frachtenbahnhof geteilt, es wurde rangiert und jeder der Reisenden aufgefordert in den Wagon umzusteigen welcher das gewünschte Reiseziel bzw. Richtung innehatte. So verabschiedete sich Jenny in aller Hektik, da ihr viel zu spät die Worte auf Italienisch klar wurden, welche durch Lautsprecher lauthals Kund getan wurden, aber rechtzeitig doch um den Anschluss zu schaffen.

Studenten liefen durch den Zug und verteilten Flugzettel auf denen in Deutsch geschrieben war" Willkommen liebe Freunde in der Heimat der Rechte".

Darunter eine Auflistung der autonomen Gesetzgebung der Region die von der internationalen Rechtsprechung eklatant abweichte. So könnte jemand, sich nicht nur einen Vorteil verschaffen, sondern sogar straffrei bleiben, indem er andere denunzierte, jedoch der von ihm Beschuldigte, Monate im Gefängnis verbringen musste ohne überhaupt die

Möglichkeit eine juristischen Anhörung zu bekommen.

So wollten sie gegen diese Ungerechtigkeit aufmerksam machen um dagegen zu demonstrieren.

Kopfschüttelnd lasen wir, rissen Witze, ohne das tatsächliche Ausmaß zu begreifen.

Die Temperaturen kletterten unaufhaltsam als wir gegen Mittag in Catania einfuhren hatte es gut und gerne dreißig Grad. Wir dösten im Halbschlaf bei offenen Fenster dahin bis der Zug zum stehen kam. Im Trubel der Geräusche hörte ich über die Bahnhofslautsprecher eine Durchsage.

"Jürgen, Anton and Werner please come to the Police Station".

Ich war sofort hellwach und teilte es aufgeregt meinen Freunden mit, welche natürlich nichts mitbekommen hatten. Unbeschreiblich kaum vierundzwanzig Stunden unterwegs wirkt sich der Schlafentzug schon Halluzinogen aus, spottete Jürgen, und Werner stieg in den Reigen mit ein. Wahrscheinlich zu wenig getrunken, du brauchst dringend Flüssigkeit. Wer soll uns bitte in Catania ausrufen vielleicht Tante Martha oder

deine Mama? Sie lachten und ließen mich steigen, sodass ich zusehends unsicherer wurde. Na ja wahrscheinlich hatten sie Recht und ich mich verhört, wir sind ja schließlich in Sizilien. Zum Schluss war ich überzeugt nur geträumt zu haben und stimmte mit ein. Die Stimmung war gut, wir beschlossen auszusteigen um zu essen und zu trinken, doch dann nahm die Situation eine ganz andere Wendung. Plötzlich standen drei Polizisten vor uns, zwei mit Uniform, der dritte in ihrer Mitte trug einen schwarzen Trenchcoat. Es erinnerte mich an eine Szene aus einem NS-Film wobei das Böse im schwarzen Ledermantel hämisch grinsend, wahllos Leute verhaften und exekutieren ließ. Sie machten uns aussteigen wobei der kleine Mann im Trenchcoat immer wieder dieselbe Frage stellte. Where is your baggage? Keiner verstand die Frage da wir unser Gepäck doch dabei hatten. Wir zeigten drauf und wiederholten wieder und wieder, dass es doch da sei.
Die Fragerei hörte nicht auf, where is your luggage? Wir hatten ja Gepäck, nur eben Werner nicht. Wir waren der italienischen Sprache nicht mächtig und

auf der anderen Seite waren Deutsch und Englisch schon ausgereizt.

Kurzerhand verhafteten Sie uns und wir wurden wie Verbrecher abgeführt.

Der Bahnhof war mit einem Wachzimmer ausgestattet welcher im hinteren Teil eine Zelle beherbergte. Die Reise Utensilien wurden herbei geschafft und neben meinen Seesack, Markus Tramper-Rucksack und Werners Nylontüte tauchte noch eine Reisetasche mit auf. Alle Blicke richteten sich auf Werner, der sich schulterzuckend lauthals verteidigte und beteuerte keine Ahnung zu haben. Jetzt Begriff ich die Situation, es war eine Anschuldigung wegen Diebstahl. Die Lage war hoffnungslos! Wir wurden in die Zelle verfrachtet und mussten dort ausharren. Völlig fertig, nach den Informationen auf dem Flugblatt, versanken wir in tiefe Resignation. Ein Zustand in dem Körper und Geist eine Erschöpfungsebene erreichen, aus der man sich selbst nicht mehr befreien kann, fast wie eine katatone Verkrampfung des Gehirns. Was würden unserer Eltern sagen, sollten wir sie je wieder sehen, mein Gott als ich in die Augen meiner

Kumpels blickte, war jedmöglicher Hoffnungsschimmer ausgelöscht.

Da wir uns auf die Durchsage nicht meldeten würde sicher als Fluchtversuch ausgelegt werden, dazu kommt der Mann ohne Gepäck, wer würde uns schon Glauben schenken? Nach Stunden des Wartens flog die Türe auf und eine gut gelaunte Amerikanerin mit Namen Jenny aus Ohio flog herein. Sie erkannte die Lage sofort und klärte die Situation auf. Jenny hatte beim umsteigen ihre Tasche bei uns im Abteil vergessen. Da ihr die Richtung bekannt war in der wir reisten, war es ein leichtes anhand des Fahrplanes den ersten Stopp auszumachen. Also rief sie bei der Polizeistation an, nannte unsere Vornamen und erklärte, dass sie ihr Gepäck vermisse.

Auf Grund mangelnder englisch Kenntnisse wurde daraus das Verbrechen.

Erleichtert konnten wir, gar nicht schnell genug, Catania verlassen, nahmen den ersten Zug in Richtung Taormina, und ließen uns auf den örtlichen Campingplatz nieder. Im Schlepptau war Jenny der die Station natürlich sehr unangenehm war, und unbedingt Wiedergutmachung leisten wollte. Nach dem ersten Bier kehrte unser Seelenfrieden zurück. Das Zelt war schnell errichtet, so konnte uns das Leben bringen was es zu bieten hatte. Und es hatte!

Ganz Gentlemen überlies ich natürlich Jenny den Platz im Zelt, den sie die erste Nacht mit Jürgen teilte. Werner und meine Wenigkeit genossen den sternenklaren italienischen Himmel, während mein Freund Amerika erforschte.

Wir bekamen von all dem nichts mit, und nach Absprache, kam meine Nacht im Zelt.

Kaum zur Nacht gebettet reckte sie mir ihre Möpse entgegen und hatte ihre Hand in meine Hose geschoben. Sie war unersättlich und befriedigte uns jede Nacht. Sogar Tagsüber bei fast vierzig Grad holte sie sich einen von uns abwechselnd ins Zelt. Nach fünf Tagen war der Dank erschöpft und sie reiste wieder ab, die Verabschiedung war sehr emotional, und sollte für immer in unserer Erinnerung bleiben, doch behielten wir weit mehr.

Der Tag brachte für Werner nichts Gutes, in der Nacht wurden ihm das Hemd und die Schuhe gestohlen, somit besaß er nur noch die Hose die er am Leibe trug. Wir mussten also notgedrungen in den Markt nach Taormina um Ihn auszustatten. In der heißen Mittagssonne war es natürlich kein Vergnügen barfuß auf den Asphalt zu spazieren, er hüpfte und machte Sprünge, fluchte und nutzte jeden Schatten um seine Sohlen zu kühlen. Unser Freund ergatterte an einem Stand Sandalen und ein T-Shirt, und als er nach der Anprobe den Kopf hob war es wie eine Prophezeiung. Jungs seht mal, schrie er, und zeigte auf eine Reklametafel. Auf dieser stand mit großer Schrift "Wir sind hier wegen dem Bier- „Becks Bier" endlich das erste Vernünftige was uns in Sizilien begegnet, also sofort rein in den Schuppen. Unsere Zungen klebten am Gaumen nach der Walz, also folgten wir ihn in den Gastgarten in welchen wir vor der Sonne Schutz suchten. Der Kellner kam und wir bestellten auf Italienisch Bier. Werner wollte Weltoffenheit demonstrieren und bestellte uno birra caldo, was er sich einfach zusammenreimte. Er wusste natürlich nicht das caldo, im italienischen, warm hieß. Als der Kellner nach mehrmaligen nachfragen wiederkam, stellte er Jürgen und mir zwei eisgekühlte Bier hin und Werner bekam eines mit einem Bierwärmer serviert. Wir lachten bis uns die Augen tränten, mit dieser lauwarmen Cervesa fand der Tag doch noch ein gutes Ende.

Wieder zu Hause konnten wir kaum an uns halten unseren Freunden zu berichten, obwohl das Jucken und brennen in der Genitalgegend immer stärker wurde. Als zum Juckreiz an der Schambehaarung und dem brennen in der Harnröhre, noch ein Ausfluss dazu kam, musste ich was dagegen unternehmen. Da fielen mir Vaters weise Worte ein. Er pflegte immer zu sagen "Wenn es vorne brennt und hinten beißt, nimm Klosterfrau Melissengeist"! Es gab zwei Dinge die in keinem Haushalt der Siebziger fehlen durften, ersteres war 4711 ein Eau de Cologne aus Köln, und zweitens Klosterfrau Melissengeist, ein Allheilmittel zur äußeren und inneren Anwendung. Man kannte es als Tonikum zum einreiben, bei Gelenkbeschwerden oder Verstauchungen bis hin zum einnehmen mit Wasser bei allerlei Verstimmungen.

Wir hatten Besuch von unserer Tante Agnes aus der Schweiz, die mit meinen Eltern in der Küche bei Kuchen und Kaffee saß. Ich entwendete das Fläschchen aus dem Medizinschrank und schlich mich auf mein Zimmer. Das einmassieren an der Schambehaarung tat gut und kühlte, als ich mir aber im Sitzen die Flasche über die Eichel goss war es als ob ich im Feuer stand. Die Essenz auf Alkohol Basis brannte höllisch, nie zuvor verspürte ich einen solchen Schmerz, in Panik sprang ich auf und rannte schreiend ins Bad, um mit nacktem Arsch in die Wanne zu springen. Ich lag unter dem kalten Wasserstrahl als ich im Augenwinkel eine Bewegung wahrnahm.

Im Türrahmen standen kopfschüttelnd Vater, Mutter und die Schweizer Tante. Agnes war eine alte Jungfer die nie einen Mann hatte, umso brüskierter war sie nach dem Vorfall, dass sie sich gezwungen sah am nächsten Tag wieder abzureisen.

Mutter vereinbarte in der Landeshauptstadt beim Urologen einen Termin, stillschweigend als Dank für die Abreise der Tante. An der Anmeldung musste ich wohl oder übel der hübschen Assistentin den Grund meiner Konsultation nennen, worauf sie mich in ein Zimmer führte in dem ich ausgezogen warten sollte. Der Arzt, ein älterer Herr kam herein, begrüßte mich und führte wortlos ein kleine Drahtschlinge in meine Harnröhre ein um in Anschluss einen Objektträger zu bestreichen, kurz durchs Mikroskop geblickt, wandte er sich um und sagte, sie haben den Tripper mein Herr, und nach einer Visite meiner Schamhaare meint er, dazu auch noch die Filzlaus. Ich war fix und fertig, aber das ganze lies sich mit Antibiotika und einem Spezial-Schampon bestens behandeln. Um schneller Laus frei zu sein rasierte ich meine Körperbehaarung zusätzlich ab.

Als ich zehn Tage später nach der Kontrolle die Ordination verließ, erblickte ich im Wartezimmer Jürgen undWerner, schlagartig war uns klar, dass wir wohl nicht nur Brüder im Geiste sind.

Wahrscheinlich waren wir damals die Vorreiter der Körperenthaarung welche sich bis heute großer Beliebtheit erfreut.

Der Nikolo von Dollentin

In weiten Teilen der Alpenländer ist das Brauchtum ein immaterielles Kulturerbe welches weiterhin von der Jugend mit großer Begeisterung ausgeübt wird. Nur versteckt sich heute hinter der Maske von Kultur und Erbe nicht mehr der Zweck der heidnischen Götter, sondern viel trivialer, einzig der Grund des Saufens. Was aber weder dem Brauch noch der Kultur einen Abbruch tut, ging es früher doch um selbiges. In unserer Gemeinde wurde jedes Jahr vom Klerus der Nikolaus-Besuch organisiert, welcher von Haus zu Haus samt Gefolge die Kinder bescherte.
Zwei Engel mit Krampus und den heiligen Mann wurden bestellt und dafür ein kleiner Obolus entrichtet, die Engel mit Schokolade bedankt, unisono Teufel und Nikolo mit Schnaps und Bier belohnt.
Der Krampus hatte es mir angetan, also überredete ich meinen Zwilling den Nikolaus zu geben. Zusammen erhielten wir im Widum die dafür notwendige Präferenz.

Adam bekam eine rote Robe mit weißem Bart, Bischofsmütze und einen goldenen Stab. Ich hingegen musste mich schon vorher um meine Verkleidung kümmern. Der Krampus war ein felliger Geselle, zwei Hörner die aus der Stirn ragten und einen mit Weidenruten gefüllten Korb am Rücken. Sein Gesicht und die Hände waren schwarz mit Ruß und Öl eingerieben, dazu trug er eine schwere Eisenkette um die Hüfte, mit der er sein Erscheinen durch Rasseln ankündigte. Die Eltern hatten meist eine Liste vorbereitet die sich der heilige Mann in sein Buch legte um die Verfehlungen bzw. Belobigungen zu verteilen. Der erste Auftritt galt den Engeln die den Nikolaus ankündigten, welcher dann huldig in das Haus zu den Kindern Schritt und sein Sprüchlein aufsagte. Vom hohen Himmel komm ich her, bin der heilige Bischof Nikolaus, ich hab die kleinen Kinder lieb, segne sie, bring Ihnen Gaben, doch muss ich schauen in meinen Buch ob sie es auch verdient haben.

Dann kam allerlei über die Kinder bis ich als Krampus die Bühne betreten konnte, die braven Kinder wurden beschenk, die ungezogenen bekamen die Rute zu spüren.

Das Jahr hat einen der strengsten Winter und der Schnee konnte weder von der Gemeinde noch den Anwohnern entsorgt werden. So hatte man an allen Ecken große Haufen aufgeschüttet welche mittels Lkw abtransportiert werden sollten.

Wir stapften in dunkler Nacht durch die Straßen und wärmten uns an den flüssigen Gaben der gottesfürchtigen Mitbürger. Die Engel hatten mit fünfzehn Lenzen in ihren wallenden weisen Gewändern schon beträchtliches zu bieten. Sie waren der Schokolade bald überdrüssig und tranken kräftig bei uns mit. Der vorletzte Hausbesuch war bei einer der stadtbekannten Brennereien. Am Land traf man häufig auf Hausbrennereien die zum Hobby Schnaps brannten.

Dort wurden wir reichlich mit dem flüssigen Gold versorgt das alsbald seine Wirkung zeigte. Der Weg wurde immer beschwerlicher weil in der frischen Luft der Alkohol seine volle Wirkung entfaltet, aber wir schafften es gerade noch rechtzeitig bevor die Kinder ins

Bett mussten. Die Familie hatte sich in der Stube zur Bescherung versammelt als die Engel den heiligen Mann ankündigten. Adam wankte in das Wohnzimmer, sah die Runde und sprach " Ich bin der Nikolaus von Dollentin und schmeiß euch an Sack voll Zollen hin" nahm das erste Bier das er greifen konnte und stülpte es ex hinunter.

Ich stürmte die Runde und verpasste jeder der anwesenden Damen eine Gesichtsbemalung in dem ich meine Wangen und Hände an ihnen rieb um sie zu küssen. Die Kinder begannen zu weinen also musste ich meine Rute auspacken um die bösen Mädchen und Buben zu bestrafen.

Nach dem wir hinaus komplementiert wurden ging es zu Fuß zurück ins Widum.

Die Engel, wegen der Kälte eng umschlungen, begannen uns abzuknutschen, die Hände wanderten unter Kutten und Soutanen bis zur Teufels Rute.

Die Situation wurde immer heißer also suchten wir hinter einen der großen Schneehaufen Schutz. Adam rammte seinen goldenen Stab in den Boden an dem sich die Mädchen vorn über gebückt fest hielten.

Halleluja jubelten sie als wir sie von hinten fickten, Hosianna in der Höhe bevor der Orgasmus über uns kam.

Nach dem Höhepunkt waren wir aber nicht nur körperlich erleichtert.

Niemand hatte uns beobachtet, keinen der Anrainer hatte etwas bemerkt.

Der Skandal wäre nicht auszumahlen gewesen wenn bekannt würde dass der Nikolo und der Teufel die Engel vögelten.

Als einer der letzten kamen wir im Pfarrhaus an.

Die anderen Gruppen saßen schon bei Wiener Würstchen im großen Saal, an einer Tafel, an deren Spitze Dekan Süsslinger thronte. Die Unterhaltung stoppte vehement als wir eintraten. Die Köpfe drehten sich und starrten uns an, schlagartig wurde sichtbar was vorher im Schein der Straßen Beleuchtung nicht zu erkennen war.

Im Licht des Pfarrsaales konnte jeder die schwarzen Abdrücke meiner Hände betrachten, welche ich auf den weißen Gewändern der Engel hinterlassen hatte.

Die Busen waren schwarz, genauso wie
Arsch und Schritt, und überall hingen
Wattebäuschen aus dem Bart des
Heiligen Mannes.
Für meinen Zwillingsbruder war es das
erste und letzte Mal, ich durfte der
Kirche weitere zehn Jahre dienlich sein.
Doch damit war der Dienst an der
Öffentlichkeit für ihn noch nicht
erledigt, fast suchte er nach der
Wiedergutmachung in der Gesellschaft.
So kam es nicht ganz überraschend für
mich, als Adam zu mir sagte, hey Sepp
du wirst es nicht glauben wen ich heute
getroffen habe. Unseren ehemaligen
Hauptschullehrer Dietmar Strudel.
Er ist Bezirksvorsteher vom Roten Kreuz
in der Gemeinde und derzeit dabei eine
Jugendgruppe aufzubauen. Das Rote
Kreuz wurde im Jahre 1864 von Henry
Dunant nach der Schlacht um Solferino
gegründet. Dunant war Schweizer
Geschäftsmann, der unterwegs war um
im Jahre 1859 Napoleon den dritten zu
treffen. Dabei bereiste er die
Kriegsschauplätze. Tief bestürzt von den
vielen Verwundeten und Toten nach dem
Gemetzel begründete er hernach die
größte Hilfsorganisation der Welt.

Damit hatte er den Grundstein zu unserer Karriere als Sanitäter gesetzt die später mein Brotberuf werden sollte.
Wir fingen nach einem sechzehn Stunden erste Hilfe Kurs als Sanitätshilfsdienst bei der Rettung an. Als dritter Helfer im Wagen begleiteten wir Krankentransporte, lernten mit den Tragstuhl und der Trage umzugehen. Im Laufe der Zeit wurden wir Pharmazeutisch unterrichtet, konnten Infusionen richten und dem Arzt assistieren. Hilfestellung beim Intubieren leisten, Laryngoskop und Tubus reichen, fixieren, und mit dem Ambubeutel beatmen. Die Kardio-Pulmonale-Reanimation war natürlich Kernpunkten unserer Ausbildung, dazu lernten wir ein EKG anlegen und erkennen ob ein Kammerflimmern, eine ventrikuläre Tachykardie oder ein Herzstillstand vorlag. Die Unterscheidung und die daraus resultierenden Maßnahmen in der Behandlung waren für den Patienten lebensbestimmend. Der Defribrillator wurde Manuel eingestellt und bedient, halbautomatische oder automatische gab es damals nicht. Unter Defribrillation bezeichnet man eine kontrollierte

Abgabe eines Elektroschocks auf den Herzmuskel.

Notarztwagen waren Zukunftsmusik, am Land wurde das Rendezvous-System aufgebaut. Bei einem Notfall wurden die Rettung und der diensthabende Arzt verständigt und diese trafen sich am Einsatzort. Soweit die Theorie aber in der Praxis waren wir häufig auf uns allein gestellt.

Das Rettungsgebäude war wie ein U gebaut, in der Mitte und auf der linken Seite befanden sich die Garagen für 6 Einsatzwagen, rechts die Einsatzzentrale mit Aufenthalt und ein Ärzteraum. Im ersten Stock waren drei Schlafzimmer für die Diensthabenden, mit Küche und eine großer Saal, welcher zu Schulungen und diversen Feier diente. Nach gut einem Jahr war unsere Ausbildung abgeschlossen, und es war Tradition die neuen Mitglieder bei der Weihnachtsfeier aufzunehmen. Nach den Ansprachen und Beförderungen wurden wir mit dem Eid auf die Fahne als Rettungssanitäter angelobt. Verpflichtet war es, jedem Bedürftigen erste Hilfe zu leisten, egal welcher Herkunft, Rasse, Hautfarbe oder Religion.

Es war was ganz besonderes nun zu Henry Dunant's Jüngeren zu gehören. Mittlerweile hatte wir gute Freunde gefunden mit denen uns ein inniges Verhältnis Verband. Die Stimmung war ausgelassen und der Alkohol floss in Strömen wie es in der besinnlichen Zeit vor Weihnacht sein sollte. Mit Willi den Hauptberuflichen, Markus und Rainer steuerte der Abend auf einen ganz besonderen internen Höhepunkt zu. Bei Stille Nacht oder leise rieselt der Schnee wurde uns immer wärmer ums Herz, aber auch den Schwestern öffneten immer mehr die Blusen.

Die Offiziellen hatten sich schon längst verabschiedet, übrig war nur noch der harte Kern der Truppe. Es war spät nach Mitternacht als Roland einer der freiwilligen Rettungssanitäter mit der Wahrheit ans Licht kam. So Jungs, sprach er, es wird Zeit für die eigentliche Aufnahme Ritual, auf geht's zum Defribrillator Knallen.

Adam und ich wurden in die Garage geführt die abgesehen von der Notbeleuchtung im Dunkeln lag. Die Ortsstelle verfügte über fünf VW Transporter die als RTW ausgebaut waren. Die Krankentrage war an der linken Seite im Fond hinter dem Fahrer angebracht, dahinter an der Wand befanden sich diverse Materialien und die Sauerstoffversorgung. Als Willi die Seitentür öffnete, flackerte die Innenbeleuchtung und tauchte die Szenerie in eine feierlich vorweihnachtliche Stimmung. Wir mussten uns vornübergebeugt nebeneinander auf die Trage gestützt mit hinuntergelassener Hose aufstellen. Als ich das hohe Pfeifen vernahm das der Defi beim aufladen von sich gab schwante mir fürchterliches. So Männer jetzt wird's ernst sagte Willi, erst wenn ihr dieses überstanden habt seit ihr in der Truppe willkommen. Keine Angst die Jule sind auf das Minimum reduziert, was im klaren Text bedeutete, die kleinste Leistung der Stromstärke wurde eingestellt. Wir waren der Sache nicht mehr sicher als das Kontaktgeel auf unsere Po backen aufgetragen wurde, welches ziemliches Unbehagen in uns auslöste, aber stiften gehen kam nicht in Frage. Das pfeifen vom Defi ging in einem Dauerton über, welches die volle Ladekapazität signalisierte.

Es wurde kalt am Arsch als ich das
Metall der Paddles spürte, dann ging
alles sehr schnell. Mich durchzuckte ein
Schlag, der Glutaeus Maximus, also der
großen Muskel, verkrampfte sich
derartig das mir vorkam ich könnte mit
meinen Arschbacken Nüsse knacken.
Fast reflexartig schrie ich auf, und Adam
überfiel panikartige Angst, so das er die
Hose hoch raffte, und wild gestikulieren
aus der Garage flüchtete.
So kurz das Szenario, brauchte ich doch
eine Minute um das Geschehene zu
realisieren. Als ich wieder nach hinten
blickte waren die Kameraden
verschwunden, stattdessen nahm
Oberschwester Franziska Platz. Sie hatte
mit ihren schwarzen Haaren und den
dunklen Teint ein fast kaukasisches
Aussehen. Franzi trug einen weisen eng
anliegenden Schwestern Kittel welcher
ihr üppiger Busen fast zum Bersten
brachte. Die knallroten Lippen und
verlängerte Wimpern zauberten etwas
Unanständiges in ihr Gesicht. Nicht
umdrehen flüsterte sie, zog Latex
Handschuhe über und begann meine
stark geröteten Stellen mit Vaseline
einzucremen.

Geschickt, mit flinken Fingern Verstand sie es, zwischen den Po backen hindurch unabsichtlich meine Eier zu massieren. Meine Erektion war Knüppel hart, was Franziska nicht zu stören schien. Ihre Hände waren überall und ich konnte fast nicht spüren wie sie mit den Zeigefinger in meinen Anus eindrang. Gleichzeitig umschlang sie mit Daumen und Zeigefinger der anderen Hand meine Peniswurzel und drückte mir Schwellkörper und Harnröhre zu. Die Prostata, ergo meine Vorsteherdrüse, war zum Spielball der Leidenschaft mutiert, und Franzi perfektionierte das Spiel bis zur Ekstase.

Der Höhepunkt wurde durch den Druck, ähnlich beim Penisring, manuell verlängert die Erektion war größer und härter den je, da mein Blutrückfluss aus dem Schwellkörper verhindert wurde. Ich stöhnte, mir kam vor er explodiert demnächst, aber irgendwann war es nicht mehr zu stoppen, sie merkte das sofort und stülpte mir im letzten Moment die Kotztüte, die immer griffbereit im Auto lag, über mein bestes Stück.

Der Orgasmus war phantastisch, sie löste die Umklammerung und gab den Weg frei mich beutelte und schüttelt es durch, aber sie massierte meine Prostata unablässig. Am Ende verschwanden der Zeigefinger und die Oberschwester fast zeitgleich.

Als ich wieder bei Sinnen war stand ich alleine im Auto und war froh die Kotztüte gehabt zu haben. Die Jungs erwarteten mich im Gemeinschaftsraum, auf dem Tisch standen Kognakschwenker und eine Flasche Weinbrand der Marke „Asbach Uralt". Rainer schenkte die Gläser ein holte zum Toast aus, blickte Willi an, der wie ein Zeremonienmeister mit geschwellter Brust vor uns stand. Beim anstoßen sprach er feierlich" Wenn dich ein Mädchen splitternackt, von hinten an den Penis packt, und dir dabei was Gutes widerfährt, dass ist einen Asbach Uralt Wert" wir prusteten los, feixten, tranken, und feierten noch bis in die Morgenstunden.

Nie werde ich diesen Abend vergessen.

Integrationsverkehr

In meiner Lehrzeit als Elektriker hatten wir so manchen Bau zu installieren und verschiedene Instandhaltungen durchzuführen. So begab es sich das unsere Firma einen Großauftrag einer Wohnbaugesellschaft, zur Sanierung einer kompletten Siedlung erhielt. Neue Kabel, Schaltermaterial und Verteilerkästen für jedes Haus um den Standard zu entsprechen. Die Südtiroler Siedlung war nach dem zweiten Weltkrieg in vielen Gemeinden errichtet worden um den Südtiroler die der Annektion durch Italien entgehen wollten ein Heim zu bieten. Durch die Lodenindustrie geprägt kamen in den Fünfziger auch die ersten Gastarbeiter aus der Türkei in unsere Heimatgemeinde. Diese wurden natürlich in allen Siedlungsgebieten untergebracht. Integration war damals eine interaktive Sache, es wurde in Deutsch eingekauft, Fern gesehen und gelebt. Kinder der Immigranten der ersten Generation Sprachen unsere Sprache und unseren Dialekt.

Wir mussten die Erneuerung im bewohnten Zustand der Häuser durchführen dabei galt es, die Wohneinheit, so kurz wie möglich im stromlosen Zustand zu halten. Ich war siebzehn und mein Geselle Harald gerade mal 19 Jahre alt als wir in die Siedlung versetzt wurden. Harald war ein schwarzgelockter gut aussehender junger Mann der bei den Frauen gut ankam. Ich hatte lange blonde Haare, zusammen bildeten wir das infernale Duo.

Bald gehörten wir zu dem gewohnten Bild der Südtiroler Siedlung. Die Bewohner grüßten uns, hielten da und wann ein Plausch und luden zu Kaffee und Kuchen.

So arbeiteten wir Wohnung für Wohnung ab, kamen mit allen sozialen Schichten in Kontakt und knüpften sogar Freundschaft. Die zarte Bande begann bei der Familie Atatürk. Fatma und Celike hatten den Auftrag uns in die Wohnung zu lassen da ihre Eltern zur Arbeit waren. Die Freundinnen wohnten neben einander und hatten eine Ausstrahlung die unbeschreiblich war. Zwei schwarzhaarige Schönheiten anatolischer Abstammung mit mandelförmigen Augen die einen durchdrangen.

Sie kicherten und warfen uns verstohlene Blicke zu die natürlich nicht verborgen blieben.

Wir fingen an Kabel zu ziehen, Dosen zu klemmen und Schalter zu komplettieren. Dabei wurden wir neugierig beobachtet und in türkischer Sprache kommentiert, aber natürlich wussten wir Bescheid.

Das zwischenmenschliche bleibt in der Situation der Romantik nicht verborgen.

Also sagte Harald wieso eigentlich nicht und verabredete für uns zwei ein Date. Dieses sollte unter dem Tag stattfinden, türkische Kinder hatten am Abend zu Hause zu sein und selbst der Besuch der Freundin am Nachmittag wurde streng kontrolliert.

Harald der ein Auto, einen Ford Capri besaß, fuhr mit uns zu einem versteckten Platz am Inn, platzierte eine Decke und lud zum Verweilen ein. Das Näherkommen dauerte nicht all zu lange und wir schmusten was das Zeug hielt, nur hielten die Sitten und Gebräuche den gebührenden Abstand zwischen uns aufrecht. Küssen erlaubt anfassen verboten, lautete das Grundgesetz. Das erste Mal war ja klar, doch so meinten wir, wird das Eis mit der Zeit schon schmelzen. So lud Mann öfter zum Picknick um so den erhofften Fick Kick zu erhalten.

Die Kultur in der wir leben wird maßgeblich vom Staat der Religion und den Freunden die uns umgeben beeinflusst, das prägt jede Ethnie ob im In oder Ausland. So war auch den beiden Freundinnen sehr bald klar, das sie uns auf die Dauer nicht verwehren könnten was die Natur verlangte. Aber fanden sie auch hier den Spalt zwischen den Religionen.

Das Betatschen der Türkischen Busen wurde im Kopf zum psychischen Stigma, es blieb dieselbe Anatomie aber der Gedanke des exotischen verbrachte wahre Wunder. Fatma und ich waren im Auto geblieben, während Harald und Celike auf der Decke am Inn die Natur genossen. Es waren schon mehrere Wochen unserer heimlichen Liebe vergangen, aber diesmal sollte die Enthaltsamkeit ein Ende haben. Sie drehte sich um und präsentierte mir ihren

birnenförmigen Hintern. Dabei zog sie
das Gesäß auseinander, dass ich
begreifen sollte was unausgesprochen
vor mir lag.
Ich verstand sofort.
Ihr Anus war mit einem Lavendelöl
vorbereitet so dass ich keinerlei Mühe
hatte einzudringen. Sie stöhnte kurz auf
aber was dann kam nahm mir völlig den
Atem. Sichtlich genoss sie das rektale
Treiben, es schmatzte und flutschte dass
auch Fatma mehr davon haben wollte.
Sie übernahm das Zepter, legte mich
rücklings auf die Bank und ritt mit mir
zum ersten analen Höhepunkt.
Unsere Romanze war heftig aber währte
nur kurz. Eltern sind Eltern, egal welcher
Religion sie besitzen immer den sechsten
Sinn. Die falsche Freundin konnte den
Vorahnungen nicht standhalten, so
wurde über die Mädchen der ultimative
muslimische Hausarrest verhängt, und
die komplette Verschleierung auferlegt.
Damit wurden wir jeder Möglichkeit
beraubt Fatma und Celike wieder zu
sehen. Wir taten was wir konnten aber
schon damals wurde der Wille zur
Integration im Keim erstickt und die
"Gastarbeiter" begannen sich zu

separieren. Wir hörten noch im selben Jahr das alle beide in der Türkei mit irgendwelchen Cousins verheiratet wurden, denen sie schon immer versprochen waren.

Aber die Siedlung lebte weiter, und mit ihr viele wunderschöne Frauen, welche zu Hause auf uns warteten bis wir die Strippen zogen und die Kabel neu verlegten.

So auch im Haus 39, welches von Fr. Pflug bewohnt wurde. Sie war um die fünfzig mit hoch toupiertem rotem Haar und wurde, unter vorgehaltener Hand Fr. Lehrerin genannt. Als Kinder hatten wir immer Respekt vor ihr, nicht ahnend,dass sie gar keine pädagogische Ausbildung besaß sondern eine spezielle Art von Unterricht erteilte. Ihr Mann der bereits in Pension war, wurde von ihr in den ortsansässigen Pensionstreff bugsiert, der eine Art Gesprächsoase darstellte, um den Dorf üblichen Klatsch zu verbreiten. Die Zwischenzeit verbrachte Fr. Pflug damit ihre klägliche Haushaltskasse auf zu bessern. Ich war dabei die Schalter auszutauschen und klopfte an der Schlafzimmer Türe da ich wusste,dass sich die Lehrerin im selbigen aufhielt. Nach einem kräftigen herein öffnete ich und stand ihr gegenüber. Sie hatte eine rote Korsage und die dazu passenden Strapse an, und war gerade dabei das letzte Strumpfband einzuhängen. Sie warf mit einen Blick zu und meinet nur keck na los auf was wartest du, zögernd schloss ich die Türe immer noch nicht sicher ob sie die Elektrik oder was anderes meinte. Meine Lehrzeit begann von Neuem. Fr. Pflug war eine schlanke und gut aussehende Fünfzigerin, sehr gepflegt und immer auf ihr Äußeres bedacht.

Raffinesse, gekonnte Technik und die Erfahrung des Alters kombinierten sich so mit der Ausdauer der Jugend, die auch ihr Vergnügen bereiten sollte. Nach dem ersten, viel zu schnellen Stell dich ein, sagte sie, geh in den Gemischtwarenladen und hol ein paar Pfefferminz Drops. Ich war verwundert aber Tat wie geheißen, zumal dieser nur zwei Ecken entfernt lag. Verführerisch lächelnd schob sie sich ein Pfefferminz Bonbon in den Mund, lies es auf der Zunge zergehen, ging in die Knie und begann mir einen zu blasen.

Der erste Gedanke der mir durch den Kopf schoss war Klosterfrau Melissengeist, meine Eichel schwoll fast um das doppelte an es brannte doch war es auch ein angenehmes Kühlen zu gleich. Die Kunst von Fellatio bestand darin, den Penis immer wieder anzublasen, im wahrsten Sinne des Wortes, mit Luft zu versorgen. Dadurch verursachte die Minze eine Kühlung. Es war ein Wechselbad zwischen kalt und heiß, das Blut zirkulierte, und ich lernte die dritte Stufe der Erektion kennen. Die sogenannte Warp-Erektion, ein gigantische Verkrümmung der Raumzeit bis zum Ausstoß von Materie und Antimaterie. Als ich zu mir kam war ich wieder auf der Erde, Captain Kirk war verschwunden, mir gegenüber stand Spock und lächelte. Das Bild begann sich langsam aufzuklären bis Spock verschwand, und die Lehrerin wieder deutlicher wurde.

Ihre Stimme erweckte mich aus der Trance und bevor ich erschlaffte, hatte ich ein Pfefferminz Bonbon im Mund. Sie legte sich auf das Bett und zeigte mir genau was sie wollte. Das schöne am Cunnilingus ist die besondere Intimität in dem sich alles sehr offen zeigt. Die Klitoris ist so was wie der weiblich Lustgarant sprach Frau Pflug, nun zeig was ich dir beigebracht habe. Es verhielt sich dabei genauso wie beim Mann, der "kleine Schwellkörper" wurde aufgeblasen die Schamlippen fast doppelt so groß durchblutet, und der Höhepunkt einfach bombastisch.

Sie weihte mich in die hohe Kunst der Verführung ein, lehrte mich Raffinesse und Dominanz, brachte mir verschiedene Techniken bei wie den Lotusblütenschlag bis hin zur chinesischen Schubkarre, welche mir in meinen weiteren Liebesleben noch den ein oder andern entschiedenen Vorteil verschaffen sollte.

Die Renovierung der Siedlung nahm noch Monate in Anspruch, aber mit dessen
Ende ging auch meine Lehrzeit zu Ende.
Der Führerschein war nun das Ziel!
Das motorisierte Phallus Symbol war der Inbegriff des männlichen Primaten zu meiner Zeit.

Die Achtziger

Endzeitstimmung, der Sound wurde düsterer, man tanzte zu Siouxsie and the Banshees, Bauhaus oder Cure, bis uns die neue deutsche Welle überrollte.
Mit ihren 99 Luftballons leitete Nena eine neue Ära ein. Die Achtziger hatten noch ihren Glanz, die Rollen waren klar verteilt und jeder zufrieden. Wir hatten noch Sex, Drugs and Rockn Roll, heute haben wir die Frauenquote, das Nichtrauchergesetz und den Musikantenstadel.
Die Steaks waren voll mit Östrogen, groß und saftig, kein Fleischersatz aus dem Veganer Shop, niemand machte sich Gedanken ob die Sprache zu männlich war, der Salzstreuer dürfte so genannt werden, und musste nicht zur Salzstreuerin gegendert werden.
Wir waren noch ganze Männer!
Das sah auch Vater Staat so und schickte mir den Einberufungsbefehl zum Bundesheer. Adam hatte wie immer das bessere Los gezogen und kam zu den Sanitätern, wogegen ich zu dem Gebirgsjäger eingezogen wurde.

In den Achtziger war der Zivildienst ganz am Anfang und wurde von der Bevölkerung Großteils verpönt. Um ersatzweise den Zivildienst zu erlangen, war es notwendig dies vor einer Ethik-Kommission ausreichend zu begründen. Dazu bestand die Möglichkeit eine Person des Vertrauens hinzu zu ziehen, welche vorzugsweise aus einem Geistlichen bestand.

Zivildiener waren Vaterlandsverräter, Weicheier und psychisch labile Drückeberger. Deshalb kam für uns nur das Heer in Frage!

In der Grundausbildung erinnerte ich mich noch oft an diese Entscheidung, welche aus acht Wochen körperliche Ertüchtigung bestand.

Wir marschierten, exerzierten, robbten durch Dreck und Schlamm, bestiegen Berge, gruben Unterstände, hatten Dienst an der Waffe, durchquerten Flüsse sowie Täler, und wurden im Nahkampf ausgebildet. Der Tag begann mit einem Morgenlauf sowie anschließender Körperpflege welche im Feldlager an einem Gebirgsbach stattfand. Nach dem Frühstück ging es anschließe zum Kletterkurs.

Am Ende der Grundausbildung waren wir vollwertige Mitglieder des Jägerbattalion 21 mit den Spitznamen "Mondscheinkompanie" da ein Großteil in der Nacht zu absolvieren war. All das diente nur zu einem Zweck, nämlich der Vorbereitung auf die tatsächlichen Aufgaben, dessen Sinn unserm Dasein erst eine Berechtigung gab.

Die Alpinausbildung!

Der Plan war unsere kleine Truppe zu einer schlagfertigen Partisanen-Einheit auszubauen um dem Feind mit kurzen Vorstößen derart zu schwächen, dass ein Weiterkommen unmöglich wäre.

Der letzte Wall bildete dann die Alpenfestung. Dazu bestiegen wir Gebirgsmassive vom Wilden Kaiser über Großvenediger bis zum Großglockner. Diese schneebedeckten Gipfel hatten es in sich und ohne Steigeisen nicht zu bezwingen.

Das Basislager war zentral in einem Waldstück errichtet worden. Wir hoben Schützengräben mit Unterständen aus, die zum schlafen, essen und zum bewachen notwendig waren. Um die Abenteuerlust zu steigern, bekamen wir die Verpflegung nicht immer aus der

Feldküche, sonder hatten die Gelegenheit unser Fleisch auf der Schaufel über dem Feuer zu braten. Um die Romantik vollends zu verstärken durften wir abwechselnd Nachtwache schieben. So schön könnte das Leben als Gebirgsjäger sein!

Das Ende der Ausbildung wurde mit einem drei tägigen Abschlussmarsch gefeiert welcher sich über mehre Gipfel erstreckte. Am dritten Tag dürften wir unser Zeltlager auf einer bewirtschafteten Alm errichten. Die Kommandeure hatten sich natürlich in weiser Voraussicht ihre Unterkunft im Gasthaus bereits vor reserviert. "Zur Einkehr" stand mit großen Buchstaben an der Hauswand geschrieben. Dort gastierten sie, unsere Wachtmeister, Leutnants und der Chef, Oberstleutnant Dalnoda. Wegen seines eigenartig komischen Namens wurde er von uns immer nur Oberstleutnant Trallala genannt.

Trallala war ein großer Mann mit stattlichen Bauch und hochgezwirbelten Schnurrbart, der sich seiner Position angemessen, standesgemäß auf die Alm kutschieren lies.

Das Auto ein VW Kübelwagen samt Fahrer rollte der Bergstraße entlang bis zur unteren Weide, aus ihm entstieg samt den Oberstleutnant, auch drei Damen.
Es stellte sich heraus das die Damen allesamt Gattinnen der Offizier waren welche inoffiziell der Feier beiwohnten.
Die Damen waren für den Berg alles andere als gerüstet, trugen sie doch hochhackige Pumps und waren mit knielangen Röcken und Hut eher für eine Gala angezogen.
Sie hatten Mühe den kleinen Aufstieg zur Berghütte zu schaffen und mussten von ihren Männern gestützt werden.
Zu der Bewirtung der kleinen, interimistischen Feier, wurden vier Ordonanzen abkommandiert, darunter viel auch ich.
Die Tafel wurde in weiß eingedeckt, die wenigen Zimmer bezogen, sodann das Fest Begann.
Gegessen wurde natürlich der Saison angemessen was die heimische Region bot.
Eine kleine Fasanenbrust auf Polenta als hors d'oveure, gefolgt von Hirschmedallions oder gespickter Rehrücken mit Rotkraut und Pommes a'

la dauphine, und zu guter letzt, folgte ein Reigen der verschiedensten Kuchen und/oder Käseplatten. Um den Geschmack abzurunden floss der Rotwein in Strömen, zwischendurch abgelöst vom Cognac, der als "Verdauer" eher störend entfunden wurde.

Auch wir hatten die Möglichkeit zwischen den Gängen den ein oder anderen Leckerbissen zu ergattern, so blieb uns das Pferdegulasch aus der Feldküche mit denen unsere Kameraden abgespeist wurden erspart.

Die Hüttenmusik spielte zünftig auf, und umrahmte dieses traditionelle Heeressportfest.

Es ging hoch her, die Stimmung wurde zusehends ausgelassener, sowohl die Fahrer wie Ordonanzen genehmigten sich das ein oder andere Gläschen.

Die Frau des Oberstleutnants war an die dreißig und gut und gerne zehn Jahre jünger als er. Auch optisch passten sie nicht zusammen, sie war groß gewachsen, besaß dunkles Haar und eine top Figur. Die anderen zwei Frauen amüsierten sich, nur sie wirkte zeitweise etwas angespannt. Saß sie doch ihren

Gatten gegenüber, ihm zur Linken, eine der anderen Damen, mit der sich unser Chef angeregt unterhielt. Je später der Abend desto ausgefallener wurde die Stimmung, der Alkohol floss in Strömen und die Moral sank zusehend. Es wurde das ein oder andere Tänzchen gewagt bei dem unser Kompanieführer ganz schön zur Sache ging. Während seine Frau das Treiben beobachtete vertiefte sich Trallalala immer mehr in seine Tischnachbarin. Als er ihn noch ungeniert unter dem Tisch die Hand in den Schoß legte, reichte es ihr. Sie sprang auf griff nach dem ersten Glas auf dem Tisch und schüttet es ihrem Gatten ins Gesicht. Es war auf einem Schlag still, sogar die Musik hörte für einen Moment auf zu spielen, bis sie sich besannen und zu jodeln anfingen. Der Kompanieführer ganz Politprofi behielt die Nuance in der Situation, und reagierte weltmännisch. Seine Frau verlangte auf der Stelle nach Hause gebracht zu werden. Also ließ der Oberstleutnant nach seinem Fahrer schicken. Leider war dieser Sturz betrunken da ja geplant war zu übernachten. Der Chef hielt sich aber

nicht lange mit Kleinigkeiten auf,
deutete mit dem Finger auf die erst beste
Ordonanz, und sprach mich im
 Befehlston an.
Soldat haben sie den Führerschein? Ich
nahm stramme Haltung an und
beantwortet ordnungsgemäß die Frage
mit einem "jawohl Herr Oberstleutnant"
Gut dann nehmen sie meinen Wagen und
bringen meine Frau nach Hause, aber
vorsichtig damit mir ja keine Klagen zu
Ohren kommen, ansonsten sind die
Wochenenden gestrichen. Letzteres
diente nur damit seine Frau ein wenig zu
beruhigen aber bei mir verfehlten seine
Worte die Wirkung nicht. Bei einem
Lapsus meinerseits hatte ich SAMSON
zu schieben, was Samstag/Sonntag
Chargen Dienst für den Rest meiner Zeit
bedeuten könnte. Sie packte ihre
Handtasche sah ihren Mann von oben
herab an und herrschte in meine
Richtung, los fahren wir. Es war dunkel
und hatte begonnen zu schneien, was in
den Tiroler Bergen zu dieser Jahreszeit
nicht unüblich war. Also begann ich
vorsichtig auf der weiß angezuckerten
Straße bergab zu fahren. Der
unasphaltierte Weg bot wenig an

Sicherheit war sehr schmal und unübersichtlich. Wir waren kaum zehn Minuten unterwegs als sie ein menschliches Bedürfnis überkam. Soldat, räusperte sie, Soldat es ist mir ein wenig unangenehm aber sie müssen anhalten. Ich verstand sofort aber da es nirgendwo eine Ausweichmöglichkeit gab musste ich mitten auf dem Bergweg anhalten. Links ging es steil bergab, auf der rechten Seite der Berghang, und hinter dem Auto die Gefahr im Dunkeln abzustürzen. Ob ihr das bewusst war, ist mir eines der ungelösten Rätsel bis heute, jedenfalls tastete sie sich vor das Auto, ging leicht außerhalb des Lichtkegels der Scheinwerfer in Position, zog den Slip aus, raffte den Rock an und ging in die Knie wobei sie ein Bein fast gerade ausstreckte. Mich überkam ein De'ja' vue, welches mich sofort an die Kindergartenzeit erinnerte. Meine Hände klebten am Lenkrad und begannen zu schwitzen, unsere Blicke trafen sich, ein Lächeln huschte ihr über das Gesicht während mein Schwanz versuchte mir die Hose zu sprengen. Sie benutzte den Slip um sich trocken zu wischen, öffnet die kleine

Damenhandtasche lies ihn darin verschwinden und streckte sich lasziv durch.

Mein Mund war knochentrocken als sie wieder auf der Rückbank Platz nahm. So verbrachten wir den Rest der Fahrtzeit schweigend und ich war froh als sie beim Aussteigen zu mir sagte, es ist nicht nötig mich an Tür zu bringen, dass schaffe ich noch alleine, gute Nacht Soldat. Abgesehen davon konnte ich sowieso nicht aussteigen da sich mein kleiner Freund immer noch nicht beruhigt hatte und deutlich zu erkennen gewesen wäre. Ich fuhr wie der Teufel, als ich wieder auf die Bergstraße einbog nutzte ich die nächste Gelegenheit um anzuhalten.

Ich konnte nicht mehr und musste mir sofort Erleichterung verschaffen. Nur als ich den ersten Orgasmus hinter mir hatte fühlte ich mich nicht sonderlich erleichtert. Das gesehene hatte wohl unabsichtlich meine Obsession getroffen, wessen ich mir damals noch nicht bewusst war.

Nach dem zweiten Mal war es besser und nach einer kurzen Pause kam das dritte und ultimative letzte Mal.

Angestrengt, durchgeschwitzt aber erleichtert entsorgte ich ein Haufen gebrauchte Papiertaschentücher und machte mich daran mit dem Fahrzeug zurück zu stoßen.

Da sah ich sie, die Handtaschen meiner "Chefin"!

Verdammt, begann ich zu fluchen, verfluchter Mist, wenn das der Oberstleutnant sieht und zum Schluss noch das Höschen darin entdeckt bin ich dran.

Es nützte nichts ich musste die Tasche loswerden, also machte ich kehrt und fuhr zurück. Nach kurzer Fahrt war ich wieder vor ihrem Haus, und wunderte mich noch wie sie wohl hinein gekommen ist, da Frauen doch wohl üblicherweise auch den Schlüssel in ihrer Handtasche aufbewahrten.

Nach dem betätigen der Klingel meldetet sie sich über die Haussprechanlage.

Der Wehrmann mit der Tasche der Frau Oberstleutnant die sie im Auto vergessen hat, sagt ich, und ertappe mich dabei Haltung anzunehmen.

Bitte kommen sie herein, der Türöffner summte, ich betätigte die Klinke, und antwortete noch gehorsam, jawohl.

An das Foyer grenzte direkt ein offenes Wohnzimmer, wo sie in mitten einer prächtigen Ledercouch Platz genommen hatte. Sie war total verändert, trug weiße Kniestrümpfe, einen grob karierten Rock, der ihr knapp zu den Knien reichte, mit einer beigen Bluse. Die Haare hatte sie seitlich zu Zöpfen zusammen gebunden, und erinnerte mich stark an ein Schulmädchen. Der Eiskühler war am Tisch platziert, zwei Gläser mit Schaumwein standen gefüllt bereit, wobei sie sichtlich schon der Flasche zuträglich war.

Sie nippte am Glas stand auf gab mir das zweite in die Hand und drückte mich sanft auf das Sofa.

Schlagartig wurde mir klar dass ich erwartet wurde und das ganze inszeniert war.

Es hat dir Spaß gemacht mich zu beobachten du kleiner Spanner, du bist dabei richtig heiß geworden, nun dem Herren können wir Abkühlung verschaffen, sagte sie mit einem süffisanten Lächeln, zog mich zu sich ran und begann mich zu küssen.

Normalerweise wäre mein bestes Stück nach dieser Vorstellung knüppelhart gewesen aber nach der Vorgeschichte rührte er sich keinen Millimeter.

Jetzt wurde mir richtig heiß, unangenehm heiß sogar, ich stammelte vor mich hin und suchte krampfhaft nach einem Ausweg.

Ich lehnte mich ein wenig zurück, wobei sie mich verwundert ansah, muss noch mal schnell ins Bad log ich, stand auf und versuchte mich zu orientieren.

Gerade aus dann links sprach sie gestikulierend, und fügte noch, beeil dich Soldat, hinzu.

Da stand ich nun im Bad und blickte in den Spiegel, panikartig durchzogen mich die Gefühle, nur mein kleiner Freund fühlte nichts. Plötzlich war es mir klar, Menthol, das ist die Rettung. Es wird sich doch was finden lassen, dann werde ich es ihr nach der Technik die mir Fr. Pflug beigebracht hatte besorgen, dass ihr hören und sehen vergeht. Hektisch begann ich die Etagere zu durchsuchen, konnte nichts finden, öffnete den Spiegelschrank und da sah ich sie, meine Rettung.

Einen kleinen Glasbehälter auf dem mit großen Buchstaben stand: Wick

VapoRub mit Menthol wirkt schleimlösend!

Mutter hatte uns immer bei grippalen Infekt und Husten die Brust damit eingerieben, es war das unverzichtbare Wundermittel, gleich hinter Klosterfrau Melissengeist und 4711 Kölnisch Wasser.

Also tippte ich den Finger ein, klappte den Spiegelschrank zu, machte mich siegessicher auf den Weg zurück, wobei ich mir das Zeug auf die Zunge klatschte und den Finger abzulecken begann.

Ich erreichte gerade die Couch als mir das Wasser in die Augen schoss, mich zusammenkrümmte, die Atmung versagte, das Zwerchfell sich nach außen stülpte und ich im hohem Schwall erbrach. Der Mund brannte wie Feuer, ich konnte nichts mehr sehen, dafür umso deutlicher hörte ich ein wildes Geschrei.

Als sich der Nebel um meine Augen zu lichten begann und ich langsam Klar denken konnte, stand ich wieder auf der Straße.

Mit dieser Art von Abkühlung hatte sie wohl nicht gerechnet.

Der Rest meiner Zeit beim Heer verlief ohne weitere nennenswerte Zwischenfälle, wobei mich der Oberstleutnant immer im Auge behielt. Nach dem Abmustern kehrten Adam und ich in das gesellschaftliche Dorfleben zurück.

Mein Großvater mittlerweile schon über achtzig Jahre alt, vermachte mir sein Auto, ein Ford Taunus 12M, Baujahr 1960.

Das Auto war wie mein Großvater in die Jahre gekommen aber dennoch brauchbar.

Wer hatte schon ein Auto?

Getunt wurde damals noch nicht also nahm ich was ich bekommen konnte. Da stand er nun, weis lackiert, mit einer durchgehenden Sitzbank nicht nur im Heck, sondern auch vorne. Ein großes schwarzes Lenkrad mit Lenkradschaltung und ohne Sicherheitsgurte ausgestattet. Für einen Achtzehnjährigen der Inbegriff der Hässlichkeit, aber heute meine erste große Liebe.

Die Mädels stiegen trotzdem ein und ließen sich damit herum kutschieren.

Es hatte nur den einen Nachteil, dass keine Liegesitze vorhanden waren.
Auf der durchgehenden Sitzbank war es nur unter Aufbietung aller akrobatischen Künste möglich, zwischen Lenkrad, Rückenlehne und Hintersitz den Geschlechtsakt zu vollziehen.
Entweder man kompensiert den Platzmangel im Auto oder weicht in das aus, was die Natur zu bieten hat.
In den lauen Sommerabenden boten dafür die Inn Auen die perfekte Kulisse.
Ich führte stets seine Decke mit, und begann die Liebe im Freien zu zelebrieren und vor allem zu perfektionieren. An manch freien Tagen konnte man mein Auto sogar öfter als einmal in den Auen beobachten.
Damals schon kam mir der Gedanke ein Buch darüber zu schreiben, mit dem Titel:

"Handbuch über das Wald und Wiesen Ficken mit einer kleinen Anleitung zum Stuhlgang im Freien"

aber das ist eine ganz andere Geschichte!